新 潮 文 庫

美 麗 島 紀 行

—つながる台湾—

乃 南 ア サ 著

新 潮 社 版

11508

美麗島紀行＊目次

美麗島紀行

つながる台湾

写真　乃南アサ

時空を超えて息づく島

夕食後の散歩は退屈なものだった。

確かに、日が暮れた後も一向に衰えることのない外の蒸し暑さに比べれば、さほど混雑もしていない建物の中は明るく清潔な上に冷房が効いていて快適そのもの。吹き抜けの天井からは幾筋もの細い糸を引くように落ちる噴水があって、数フロア下でその水を受け止めているプールには色鮮やかな水鳥のオブジェが配されている。涼しげな演出だ。

建物の八階から始まった散歩は、一階まで下りたところでようやく一段落した。退屈を持て余していた私は、そこで立ち話を始めた同行者たちから離れて、一人で建物の外に出てみることにした。ガラスのドアを抜けた途端に息苦しいほどの熱気が襲いかかってくる。既に午後八時を回っていたが、目の前の通りを往来する人も車もスクーターも、一向に減ってはいなかった。いとも簡単に汗が噴き出してくる。

　しばらくぼんやりと道行く人を眺めて過ごすうち、ふと通りの反対側に目がいった。歩道に乗り上げる格好で駐車している車やスクーターの向こうに、夜目にも派手なポスターの貼《は》られている塀がある。その塀の向こうには小山ほどもある樹影。ずい分と大きく育ったものだと思いながらわずかに視線をさまよわせる。樹影と周囲の闇《やみ》との隙間《すきま》に身を潜めるようにして、ひっそりと二棟の家が並んでいた。その、切妻《きりづま》の屋根と焼き杉の板壁の建物に目が留まった瞬間、私は今さっきまでの退屈な気分も、まとわりつく蒸し暑さも、噴き出してきた汗も、何もかもを忘れた。

　あった——！

　そのまま通りを渡ってしまいそうになり、我に返って、急いで出てきた建物に駆け戻る。

「私、ちょっと通りの向こうまで行ってきます。一人で大丈夫ですよね、じゃあ！」

同行者たちに声をかけ、返事も待たずに建物から飛び出して、すぐ先の信号まで走る。気がはやっていた。

　たとえば真新しいオフィスビルや高層マンションの建ち並ぶ一角で見かけたことはないだろうか。ひっそりと谷間のように残っている古い木造家屋を。よく見れば、引き違いの玄関戸の上には粋《いき》な竹格子《たけごうし》の通気窓があったり、ひさしの下の玄関灯が凝ったデザインだったり、桟のついた出窓に磨《す》りガラスがはめられ、二階の肘掛《ひじか》け欄干一つにも木目を生かした透かしがあったりする家を。ただ、それらの何もかもが長い間風雨にさらされて傷《いた》み、朽ちかけて、周囲の風景からも完全に取り残されてしまっているために、まるで時空の破れ目のように感じられる、そんな、かつての日本家屋を。

　ましてやその晩、私がいたのは台湾南部の都市・台南《タイナン》だった。八月の、焼け焦《こ》げるほど強烈な陽射《ひざ》しを浴びて一日を過ごし、やっとのことで夕食にありついて、腹ごなしと夕涼みもかねて散歩していた先ほどの建物というのは新光三越・小西門店だ。外壁のイルミネーションの色も時間によって変化する巨大かつ最新モダンなデザインの複合ビルの真ん前に、いきなり「昭和の日本」があるのだった。

「今、三越が建っているところは、その当時は監獄があったところだそうだよ」

　汗を拭《ふ》き拭き追いかけてきた陳旭慶《ちんきょくけい》さんが教えてくれた。陳さんに説明しているのは台南在住の呉翰周《ごかんしゅう》建築士だ。呉建築士によれば、この日本家屋の並ぶ一角は、日本統治時代は司法院の官舎だったという。当時の台湾総督府の組織図に照らし合わせれば、正確には「法務局」または「法務部」のことだろうか。なるほど、監獄のすぐ前に法務局の官舎というのは筋が通っている。戸建て住宅の奥には、おそらく下《した》っ端《ぱ》の役人たちが暮らしていたであろう、いわゆる下駄履《げたば》きアパート風の二階建て建物もあった。庭木だったはずの榕樹《ようじゅ》（ガジュマル）は伸び放題に伸びて、根は煉瓦《れんが》の塀を這《は》い、まとわりつき、すっかり蹂躙《じゅうりん》している。葉の繁《しげ》みの向こうに、さっきまで涼んでいた三越のイルミネーションが見えた。

　これが見たかった。

　今となってはただ闇に沈むばかりの家並みの真ん中に立ち尽くしたまま、私は、今にも固く閉ざされた門が開いて窓に灯がともり、夕餉《ゆうげ》の匂《にお》いなどが漂ってくる幻を追った。子どもたちの遊ぶ声や風呂《ふろ》を使う音、米をとぐ音、カタカタと走り抜ける下駄の音。ラジオから流れる流行歌。時の彼方《かなた》に流れ去った生活の音を拾おうと、耳を澄ませた。

　その日も、また、それ以前に台南を訪問した折にも、私は呉建築士たちの案内で、たくさんの建物や施設を見てきていた。けれど、どうにも自分の中で消化し切れないものを感じていた。その理由が、やっと分かった。私が見て、触れたかったもの。それは、こういう当たり前の家並み、人々の暮らしの息吹《いぶき》が残る場所だったのだ。

　台湾は一八九五～一九四五年までの五十年間、日本の植民地だった。

私はそのことを、きちんと学校で習った記憶がない。幼い頃から「台湾」という地名こそ耳にしてきたものの、それは「バナナ」の冠としてついていたり、数人の芸能人やスポーツ選手の出身地として耳にする程度で、「そこ」が日本とどういう関係にあるのかは何一つ教わらなかった。蔣介石《しょうかいせき》の名前くらいは出てきたものの、日本との関わりにおいて、それもさらりと触れる程度に過ぎず、その人物が台湾に何をしたのかなどは皆無。興味の抱きようもなかった。

「台湾では日本語を話せる人が多いですからね、楽ですよ」

初めて台湾を訪れたのは二〇〇一年。そのとき同行した編集者がそう言ったのを覚えている。私は「どうして」と聞いたと思う。

「まあ、戦前から色々とあったろうし、もともと親日家が多いんですよ」

へえ、そうなんだ。

それで終わりだった。「戦前から色々」とは何で、「もともと」とはいつ頃からなのか、具体的に聞こうとすらしなかったし、相手もそれ以上は語らなかった。

一般に、私たちは「あの戦争」にまつわる話題に弱い。実際に体験している親の世代が「あの戦争」について積極的に語りたがらないのを敏感に察知して成長したし、学校の授業でも日本の近現代史に割かれる時間は非常に短かったからだ。むしろ「あの戦争」を語るということは古傷をいじり回すということに他ならず、凄惨《せいさん》この上もない過去の失敗を蒸し返すことにしかならないと、無言のうちに教わってきた感もある。だからあのときの私も「へえ、そうなんだ」でやり過ごしてしまったのかも知れない。その後も何度となく取材で訪れていながら、常に目的地だけを目指し、仕事が終わるととんぼ返りの繰り返しで、私の台湾への理解は、まったく深まりも広がりもしなかった。

その台湾が、二〇一一年の東日本大震災に際して、震災直後からわずか二カ月の間に二百億円にも達する義援金を集めてくれた（二〇一一年三月二十八日・台北《タイペイ》駐日経済文化代表処ホームページ）。この額は世界でも抜きん出ており、最終的にほぼ同額を寄せてくれたアメリカとの人口（アメリカ約三億一千万人・台湾二千三百万人あまり・ともに二〇一〇年）と国民一人あたりのＧＤＰ（アメリカ約五万ドル・台湾約二万ドル・ともに二〇一二年）とを考え合わせると、台湾の人々の日本への関心の深さと好意の篤《あつ》さが分かる。そして、はたと気づく。なぜ台湾の人たちは、そこまでしてくれるのだろうか。お礼を言おうにも、私たちは少しばかり、相手を知らなすぎやしないかと。

台湾とは何なのか。

ひと言で言うなら、台湾は、実に数奇な運命をたどってきた島だ。伊藤潔《いとうきよし》著『台湾四百年の歴史と展望』（中公新書）によれば、この、九州よりもわずかに小さな面積を持つ島は「ポルトガル船の種子島《たねがしま》漂着の翌年、つまり一五四四年」に「発見」されたと推定される。そのときに船員が「Ilha Formosa!《イラ・フォルモサ》」と感嘆の声を上げたことから「麗《うるわ》しき島＝美麗島《びれいとう》」を意味するフォルモサと呼ばれるようになった。当時は主にマレー・ポリネシア系の、いくつもの部族が先住していたという。もともと「タイワン」とは「かつて台南付近に居住していた先住民のシラヤ族が、外来者あるいは客人を『タイアン』（Taian）、または『ターヤン』（Tayan）と称していたのが訛《なま》って、『タイワン』となったものである」（同前）。

「フォルモサ！」と叫んだのはポルトガル船員だったが、最初に上陸したのはオランダ艦隊だ。その後、スペインも食指を動かした。もちろん中国大陸だって黙って見過ごしていたはずがないし、日本もたびたびちょっかいを出した。それらの挙げ句の半世紀に及ぶ植民地支配だった。敗戦に伴って日本が撤退したのと入れ違いに、今度は「蔣介石麾下《きか》の中国軍に占領されることになった。この頃、中国ではすでに国民党と共産党の内戦が始まっており、国民党政権の蔣介石麾下の中国軍は、実質的には国民党軍であった」（同前）。そして現代へと続いていく。

　これらの歴史を通して分かることは、台湾という島が、かつて一度として一個の独立国家であったことがない、ということだ。時代によって異なる人々と文化とを、ある意味で否応《いやおう》なく受け容《い》れ、融合させながら、この小さな島では多民族、多部族、多文化が複雑に入り交じって今日に至っている。

　中でも日本が植民地支配していた五十年間は、台湾が大きく変わる節目になった。日本が台湾に総督府を置いたのは一八九五（明治二十八）年。その、わずか四十年ほど前の一八五四（嘉永《かえい》七）年、日本はようやく日米和親条約を締結したばかりだった。つまり、日本自身がちょんまげを落とし裃《かみしも》を脱いで国を開き、文字通り死にものぐるいで近代化に邁進《まいしん》していた時代だ。それだけに日清《にっしん》戦争の終結に伴って交わされた下関条約で清国から割譲を受け、新たに統治することになった南の島に、当時の大日本帝国政府は西欧列強と肩を並べて引けを取らないだけの知識と技術、そして人材に至るまで、持ちうる限りの「最高峰」を総動員したのに違いない。今も残る建築物や街並みを眺める度、私はその頃の日本人の猛烈な意気込みを感じる。往時の日本人は心底この島に懸けていたのだ。

　インフラから都市計画、公共の建築物、教育に至るまで、現在の台湾に至る基礎は日本人によって築かれた。今も日本に好感情を抱いている台湾人の多くは、その事実と価値とを十分に理解している人たちだということが出来る。

無論、だからといって植民地支配を容認するつもりは毛頭ない。日本統治時代を生きた世代の中には差別に苦しんだ記憶を持っている人も少なくないし、日本人として「あの戦争」も経験しなければならなかった。空襲も受けた。戦死した人もいる。私が出会った八十代になる男性は、植民地の子として暮らさなければならなかった少年時代を振り返って、

「懐《なつ》かしくて懐かしくて、悔しくて悔しくて」

と遠くを見る表情で瞳《ひとみ》を潤《うる》ませた。

これから始まる「美麗島紀行」は、ある時代は同じ国民となり、また離れ、それでもよき隣人であり続ける二十一世紀の台湾を見つめ、書き留めていくことと共に、「今に至る」人々の記憶と、かつてこの島で生き、暮らした人たちの息吹を記していくことを目的にしている。そうすることで、合わせ鏡のように今の日本がまた見えてくると思うからだ。

「この近くには、神様として祀《まつ》られている日本兵の祠《ほこら》があります」

二〇一三年十一月のある日、私はまたもや台南にいた。昼食時、前述の呉建築士が

「知っていますか」と口を開いた。

「戦時中にアメリカ軍の飛行機と空中戦になって撃墜され、危うく一つの集落に突っ込みそうになるのを命がけで避けた若い零戦《ゼロせん》乗りの話です。自分たちの村を守ってくれた人として、地元の人たちが今も大切に祀っていますよ」

場所は呉建築士の生まれ故郷のすぐ近くだという。「神様になった日本兵」の話は、台湾では小学校の教科書にも載っているのだそうだ。何ということだろう。故国の人間が何一つ知らないとは。私は即座に、そこへ連れて行って欲しいと頼んだ。午後の予定が大幅に変更された。

日本統治時代の一九三六（昭和十一）年に竣工《しゅんこう》した台湾鉄路管理局縦貫線の台南駅から見て北西およそ六キロの郊外、台南市安南《アンナン》区大安《ターアン》街。海が近いせいもあるだろうか、全体に「からん」とした印象の平坦《へいたん》な田舎町の、信号はついているけれど交通量の多くない四つ角に面した広い空き地のようなところで、私たちは車を降りた。

「ここは、暗くなったら夜市になります」

説明を聞きながら辺りを見回すと、交差点を挟んだ対角側に、背後の集合住宅に寄り添うような格好で、紅殻色《べんがらいろ》の瓦《かわら》屋根の祠が見えた。棟の上に色鮮やかに波打つ龍《りゅう》や神様などが賑《にぎ》やかに載っているから、すぐに中華風の祠と分かる。

　通りを渡って祠の前に立った途端、全身が粟立《あわだ》った。私には時々、そういうときがある。頭で考えるよりも先に身体《からだ》が反応するらしい。

　見かけ倒しの空っぽな祠ではないと、私の第六感が告げていた。建物の正面に掲げられた黄色い額には、海尾という字名《あざな》と共に「鎮安堂　飛虎《ひこ》将軍」という文字。その「飛虎将軍」こそが、かつて大日本帝国海軍航空隊兵曹長として台湾の空に散り、今は神となって地域を守り続けている日本兵・杉浦茂峰《すぎうらしげみね》の現在の名前なのだった。

　祠は左右を獅子《しし》が守り、正面には龍が守る大きな香炉が据えられていて、石の壁には文字や絵が彫り込まれている。中に入ると、電飾の施された中央の祭壇は重厚な紫《し》檀《たん》製、左には日の丸、右に中華民国の旗が立てられ、線香の煙の向こうには花や果物などの供物《くもつ》が並んでいた。

「かまいませんから、こっちへ」

　招かれて祭壇の奥に回り込んだ。

　すると、いた。

　格子《こうし》の入った扉の向こうに、背後に大きな龍を従え、中華風の絢爛《けんらん》豪華な毛皮のマントを羽織った「飛虎将軍」の木像だ。切れ長の目をした端整な顔立ちは、祠《ほこら》内にも掲げられている杉浦茂峰の写真を模したものだそうだ。彼は、戦死しなければ翌月には二十一歳の誕生日を迎えるはずだった。

水戸の出身だという青年は、まさか自分がこんな形で神と呼ばれ、ある意味で永遠に生き続けることになろうとは夢想だにしていなかったに違いない。私たちがいる間にも、翌日から兵役につくという若者が母親と共にやってきて、手を合わせていった。祠では管理する人の手によって、朝は『君が代』、夕は『海ゆかば』が毎日欠かさず流されるという。

十一月とはいえ熱い風の吹く台南の片隅で、私は『海ゆかば』を聞いた。台湾の人たちの人情と、「飛虎将軍」の望郷の念、二十歳の若者がいのちを落とさなければならなかった歴史——あらゆる思いが交錯して、胸がつまった。

台湾南部の都市・台南に佇む木造家屋。陸軍官舎の跡。保存活動のために何棟かには住み込んでいる人がいる。

夏場も時代も乗り越えた小《こ》碗《わん》の麺《めん》

台南郊外にある飛虎将軍廟《びょう》で「神様になった日本兵」と向き合っていた。写真を基に作られたという飛虎将軍像は切れ長の目元に引き締まった口元の凜々《りり》しい顔立ちをしている。「飛虎」とは戦闘機を指すそうだ。

一九四四年十月十二日、アメリカ軍機との空中戦により日本の零式艦上戦闘機が一機、ここ海尾寮集落の上空で被弾した。操縦桿《かん》を握っていた杉浦茂峰兵曹長は、急降下しながら眼前に迫ってくる集落を認めたのに違いない。咄嗟《とっさ》に、このまま機を墜落させては甚大《じんだい》な被害を生むことになると判断したのだろう。地上からは多くの村人が、自分たちに向かって突っ込んでくるかと思われた零戦が、あわやというところで機首を立て直し、飛び去る光景を見ていたという。零戦は集落の東の外れまで飛んだところで空中爆発。杉浦兵曹長は寸前に脱出したものの、落下傘《らっかさん》が米軍の機銃掃射を受けたために地面に叩《たた》きつけられ、戦死した。享年《きょうねん》二十。

戦後、この付近で幽霊らしきものを見たという人が続出するようになる。村人たちは海尾寮を守った若者のことを忘れていなかった。幽霊は杉浦兵曹長に違いない、ならば若い生命《いのち》を散らした日本兵を慰霊し、台湾人として最大の感謝の気持ちを示そうということになった。それが日本兵・杉浦茂峰が神様になった経緯だ。

　なぜだ。

　ふいに低いつぶやきを聞いた気がした。私の腕や首筋は粟立ったままだ。
建立《こんりゅう》された当初は小さな祠だったというが、その後建て直された。立派な祭壇のすぐ脇《わき》には大きなテーブルと椅子《いす》が置かれ、祠を管理している人々や参拝者がくつろげるようになっている。大型モニターつきDVDプレーヤーからは朝な夕なに『君が代』と『海ゆかば』が流される。「飛虎将軍」は今や完全に地域に溶け込み、人々の暮らしと共にあった。それでも私は切ない幻を聴いていた。

　なぜ自分は今もここにいる。なぜこの歳《とし》で死ななければならなかった。なぜ中華風のマントで飾られている。なぜ周囲から日本人はいなくなった。なぜだ。なぜだ。

壁に掛けられた戦闘服姿の杉浦茂峰の写真を見ると、いかにも生一本《きいっぽん》な印象の好青年だ。水戸の出身で三男坊。名誉の戦死後は海軍少尉《しょうい》に昇進し、叙勲も受けた。故郷で合同葬も執り行われている。懇《ねんご》ろに弔われているのだ。それなのに今なお「なぜだ」と繰り返さずにいられない。どうしても拭《ぬぐ》いきれずにいる思いが、こちらの胸に迫ってくる。

無論、杉浦茂峰本人のつぶやきか、または単なる幻に過ぎないのか、私にも分からない。かつて日本だったこの土地で生命を散らした若者は他にも大勢いた。もしかすると彼ら一人一人の無念さや望郷の念、やるせなさなどが杉浦茂峰の姿を借り、台南の人々の情けによって一つにまとめられて「飛虎将軍」に宿ったのではないかという気もした。

「恩賜《おんし》の煙草《たばこ》が吸いたいって」

翌朝、共に旅をしている人が言った。飛虎将軍が夢に出てきたのだそうだ。私は私で「もう一度富士山が見たい」と言われた夢を見ていた。勝手な思い込みとしてやり過ごすには切なすぎる。この台南の地で、これから先も神として生き続けるために、どこかでけじめをつけようとする若い日本兵の思いだと私は受け取った。

台南は別名「府城《フーチュン》」とも呼ばれる。「府の首都」の意味だ。日本が総督府を台北に置くまで台湾の都だった。古い街並みを残すことから「台湾の京都」とも呼ばれる。

もともと平地の民であるシラヤ族が暮らしていた地へ台湾海峡を挟んだ中国大陸から主に福建省南部の人々がぽつぽつと移り住むようになったのは明《ミン》（一三六八～一六四四）の時代。その後、明末期の一六二四年、オランダ艦隊が現在の安平《アンピン》に上陸、ただちにゼーランジャ城（安平古堡《こほ》）、プロビンシャ城（赤嵌楼《せきかんろう》）を築き、「城の周辺に、中国からの移住民を居住させて城下町を築き上げ、それが今日の台南市の発展の基礎となっ」た（伊藤潔著『台湾』中公新書）。

そのオランダを駆逐したのは鄭成功《ていせいこう》。海賊の頭目であった鄭芝竜《ていしりゅう》と日本人女性・田川氏との間に生まれた人物は、後に「明王朝の姓（国姓）である『朱』を授かり、名前も『成功』と改められ」て「国姓爺《こくせんや》・鄭成功」となった（同前）。台湾に渡って一年足らずで若くして死んでしまったが、その人気は根強く、国立成功大学ばかりでなく「成功」と名のついたものが台湾には色々とある。日本でも近松門左衛門《ちかまつもんざえもん》が彼を題材として『国性爺合戦』を書いている。

一六六一年、本来は「反清《シン》復明（清に抵抗して明の復興を企てる）」の基地とする目的で、鄭成功は現在の台南市安南区鹿耳《ろくじ》門から台湾に上陸した。それが、結果として三十七年間続いたオランダによる支配を覆《くつがえ》し、漢人による初めての台湾支配を実現することになる。

ところで福建省などの中国大陸沿岸部には「媽祖《まそ》信仰」というものがある。媽祖は実在の人物だったというが後に道教の女神となった。別名を天上聖母ともいい、航海・漁業の守護神とされている。いわゆる出かせぎなどの短期滞在は別として、大陸から本格的に移り住んできた漢人たちは、台湾への上陸を果たすと、まず航海の無事を感謝して媽祖様を祀《まつ》る「天后宮《ティエンホウコン》」を建てた。だから台湾には大陸からの人が上陸した土地ごとに天后宮がある。中でも鹿耳門の天后宮は、鄭成功の軍が上陸した際に建てられたものだから、台湾で一番古いということになる。

この鹿耳門を含む台湾南西部を地図で眺めると、海岸線の内側に無数の池らしきものが広がっていて、まるで透かし模様のようになっている地域が数多く見られる。聞くところによると、かつては日本統治時代から始まった塩田地帯だったところもあるようだが、現在は塩は作られておらず、大半が養殖池などになっているようだ。鄭成功が上陸し天后宮を建てたこの地には、また、やはり日本統治時代に、旧日本軍が化学工場を建てた。

「一時期は有毒な化学兵器を作っていたのではないかと言われたこともありましたが、

そういうものではなかったことが今は分かっています」

台南在住の呉翰周建築士、黄秋月《こうしゅうげつ》建築士らと共に、その工場跡に行ってみた。黄建築士は最近まで日本統治時代に建てられた古い家に暮らしていたが、老朽化が激しいことから現在はそこから引越して、古い家の修復と保存に動いている。日本人と変わらない見事な日本語を話される。

馬尾松《ばびしょう》（タイワンアカマツ）の間を清々《すがすが》しい風が吹き抜けて、まるで森林公園の中を行くようだった。程なくして「化學工場遺址《いし》」という小さな木製の立て札が見えてきた。そして、土台だけになった「遺址」が現れた。コンクリート製の水槽跡、煉瓦《れんが》の煙突跡、薬瓶らしきものの破片などが落ちている。所々に工場の構造や、この地を訪れた当時の大日本帝国海軍将校らの写真パネルが立てられている。

一九三九年に鐘淵曹達《かねがふちソーダ》株式會社が鹿耳門の水質の良さと日照条件が十分であることから工場用地として確保してあったところ、一九四一年の真珠湾攻撃以降アメリカが日本への化学薬品の提供を遮断したため、急遽《きゅうきょ》この地に薬品工場を構えることになった、という意味のことが書かれていた。今、土台だけになった「遺址」の隙間《すきま》からは草木が生え、榕樹などは相当な大木にまで育っている。それが、この地から日本が立ち去った後に流れた年月ということだ。すぐ近くの北汕尾《ペイシャアンウェイ》という一角に日本人の社宅跡が、こちらはかなりの広さで、なおかつほぼ手つかずの状態で遺《のこ》っているというので、そちらに向かった。そして、またため息が出た。

紛《まご》うことのない、昭和の日本があった。

ただし、伸び放題の生け垣が大きく育って、場所によっては道路をすっかり呑《の》み込んでしまっている。単なる雑木林と化した中に、かつて道があったことを示すように、木製の電柱だけが点々と列を作っている所もあった。

「これはヒルギの木です。六月になると真っ白い小さな花が一斉に咲きます。台南には雪は降りませんから、私たちはその花を『六月の雪』と呼んでいるんです。綺麗《きれい》ですよ」

化学工場跡から案内してくださり、この後はシェフに早変わりして鹿耳門の海産物で昼食を振る舞ってくださることになる呉衡山《ごこうざん》さんがにっこり笑った。

平屋建ての家々は、どれもそれなりの余裕を持って整然と建てられている。一部には戦後も人が住んでいた形跡はあるものの、大半はあまりにも長い間放置されたままになっていたため、今となっては辛うじてその姿を保っているという状態だった。漆《しっ》喰《くい》は割れ落ち、板壁は取れて、引き戸なども外れている。倒壊するのはもはや時間の問題だろう。

「日本時代の住宅が、これだけの規模でまとまって遺っているのは珍しいんです。ですから、きちんと修復して、この一帯を保存すべきだと思っています」

　呉建築士や黄建築士たちは、ここも台南の歴史を物語る重要な場所であるとして、是非とも保存に乗り出したいという話をしていた。有り難くも切なくも感じる、何とも言えない気持ちになる。ここは台湾だ。だが日本だった。

　この家々に暮らしていた日本人たちは、その後どんな人生を歩んだことだろう。この町で生まれた人が、まだきっとどこかにいるはずだ――そんなことを考えながら、ふと見れば「日本の家並み」とヒルギの藪《やぶ》の向こうに、天后宮の屋根が見えていた。日本人が来るよりもずっと以前からあそこにあったのだから、当時の日本人は間違いなく、日々あの屋根を眺めて暮らしていたに違いない。

　その日の夕食は台南担仔麵《タンツーミエン》の老舗《しにせ》「度小月《トウシャオユエ》」本店でとることになった。担仔麵は閩南《ミンナン》語（台湾語。中国福建省南部の方言に近い）では「ターミィ」という。ご飯茶碗を一回り大きくした程度の器で出てくる少量の麵料理で、豚骨と干しエビからとった、ごくあっさりしたスープに挽肉《ひきにく》、エビなどの簡単な具材がのっている。

「度小月」の初代店主は「洪芋頭《ホン・ユータオ》」と言い、対岸の福建省漳州から台湾に移り住んだ漁民だった」(平野久美子著『台湾好吃《フォーチャア》大全』新潮社)が、やっと移住してきた台湾の夏場は台風に見舞われるなどして不漁が続く。そのために「漁に出られぬ日々を『なんとか食いつなぐ』という意味」(同前)でこの店名にした。「度小月」の「度」には「過ごす、暮らす」という意味があり、「小月」とは、この場合は「夏場」のことを指しているのだそうだ。

天秤《てんびん》棒(担仔)で担《かつ》いで売り歩いた麵は人気を得て、今や台南名物となった。元祖の老舗だけあって、相変わらず混雑している。私たちは迷わず、店外に置かれた席に陣取ることにした。前回もそうした。外で食べる独特の開放感が、私には嬉《うれ》しくてしようがないのだ。

台湾では、道路に面して軒を連ねている商店などにはほとんどの場合「騎楼《きろう》」とか「亭仔脚《ていしきゃく》」と呼ばれるピロティがある。建物の一階部分が、それぞれほぼ同じ幅ずつ道路際《ぎわ》奥に引っ込んでいて、二階の床下部分がちょうど「屋根つき歩道」の役割を果たしているというものだ。

「これは日本が統治していた時代に出来たものですよ」

と、案内役の陳旭慶さん。亭仔脚の下を歩いている限り、歩行者は南国の強烈な陽《ひ》射《ざ》しからも、亜熱帯特有の突然の雨からも守られる。もちろん、そこが駐車場代わりになっている場合もあれば、露天商が店開きし、荷物置き場になり、植木鉢や鳥かごが並び、野良《のら》だか飼い犬だか分からないイヌが寝そべっていたりもする。その上、建物によっては床の高さに違いがあるために亭仔脚にも段差が出来て、うっかりしていると躓《つまず》くこともある。せっかくの優れた知恵なのに、車いすやベビーカーなどが通れないのは残念だ。

　私たちが陣取った席も亭仔脚の下にあった。店に向かって左隣は時計店。右には帆布店。その店先には九官鳥。それらを眺めたり、逆に行き交う人々の視線にさらされたりしながら、担仔麵の他にも煮卵や青菜の塩炒《いた》め、腸詰めなど、次々に運ばれてくる小吃《シャオチー》（一品料理）に箸《はし》を伸ばし、夜風に吹かれながら食事を楽しんだ。そしてふと、騎楼の天井部分からさげられている店の看板に目がいった。

「百年老店　清光緒甲午年　西元一八九五年」

　思わず、箸が止まった。

　一八九五年。

　この年、明治二十八年の四月十七日に、日本は日清戦争後の講和会議で「日清講和条約」いわゆる「下関条約」を締結した。この条約によって清国は遼東《りょうとう》半島、澎湖《ほうこ》諸島とあわせて台湾の主権ならびに該地方にある城塁、兵器製造所及び官有物を永遠に日本に割与した。つまり、この年を境に台湾は日本の領土となり、以後一九四五年までの五十年間、日本の植民地となったのだ。下関条約は、締結の翌日にはその内容が台湾に知らされた。

台湾側にしてみれば「そんな勝手な話があるものか」という思いだったに違いない。すると、もともと台湾に食指を動かしていたフランス政府が割譲の中止を通告してきた上で台湾に軍艦を派遣した。そこで台湾は清の巡撫《じゅんぶ》（皇帝直属の省の長官。総督とほぼ同格と見なされた）・唐景崧《とうけいすう》に、総統として台湾に止《とど》まることを要請し、フランス軍と共に台湾独立を目指すことになった。そう、台湾には独立国になるチャンスがあったのだ。

事実、五月二十三日には「台湾民主国独立宣言」を行い、外国語訳の宣言文も各国領事館に届けて、独立式典まで執り行った。「永清」という年号と、さらに国旗までも定めたのである。ところが「唐景崧は（中略）中国から台湾に赴任したほとんどの文武諸官と同様に、台湾を見放し（中略）当初から逃げ腰であった」（前出『台湾』）のであり、「清国の官僚は日本の悪代官と同様に、転んでもタダでは起きない。唐景崧は巡撫の地位を利用して、講和条約締結の直後に公金四〇万両を上海《シャンハイ》に送金しており、早々と逃げる準備をして」（同前）いた。そして、日本軍が台湾に上陸して間もない六月四日には「前線視察と偽って」（同前）、さっさと廈門《アモイ》に逃げ帰ってしまった。独立宣言から二週間とたっていなかった。

「度小月」は、そんな年に商売を始めたことになる。その夏、どれくらいの規模の台風が、いくつこの島を襲い、どれほど不漁が続いたのか、私は知らない。実際に島で暮らす人々のあずかり知らぬところで決まってしまった「割譲」と「独立失敗」という現実を、当時の庶民は果たしていつ知ることになったのだろう。気がつけば清の役人の姿が消え、代わって日本の軍人らが押し寄せてきていたといったところかも知れない。その後は、台湾各地で激しい抵抗運動が起きていく。

　それでも多くの庶民の基本は、とにかく飢えることなく日々の暮らしを営み続けることだったに違いない。高温多湿のこの土地で、繰り返し襲ってくる大きな台風や強烈な陽射し、めまぐるしい世の中の流れに翻弄《ほんろう》されながらも、日々、媽祖様を拝み、頼りない天秤棒を担いで、ひたすら小碗の麺を売り歩く男の姿が思い浮かんだ。

日本人の社宅跡に、ほぼ手つかずの状態で残る平屋建ての家（上）。「飛虎将軍像」（中）は廟内に飾られる杉浦茂峰の写真（左）を基に作られたという。

牛に引かれて、ならぬ「牛舌餅」にひかれて

牛舌餅という菓子がある。中国語の「餅」は日本のものと違って小麦粉が材料。練って平たくしたものに火を通した食品を指すという。つまり牛舌餅とは牛の舌をかたどったケーキとか、牛タンクッキーとでもいうことになるだろうか。台湾北東部の宜《ぎ》蘭《らん》と、中西部に位置する彰化《しょうか》県の鹿港《ろっこう》の名物だと聞いた。

「学生時代から、鹿港に行ったら必ず両手一杯に提げて帰りました。でもいつも、あっという間に友だちに持っていかれちゃう」

知り合いから聞いて俄然《がぜん》、興味が湧《わ》いた。なにせ「牛の舌」である。一体どこからそんな名前を思いついたのか。

今でこそ牛肉麺《ニウロウミエン》は代表的な麺料理となり、焼肉にステーキ、日本の牛丼《ぎゅうどん》チェーンからハンバーガーショップまで当たり前に見られる台湾だが、もともとは牛肉を食べる習慣はなかった。台湾の農家にとっての牛は、田畑を耕し荷を運ぶ貴重な労働力であり、「家族」と同じ扱いだったからだ。自分たちの暮らしを支える牛は、それこそ大切に扱うべき存在で、たとえ死んでも食べたりはしなかった。その肉を口にするようになったのは戦後、中国大陸から国民党軍が持ち込んだ文化の一つだと言われる。

「私が生まれたとき、占い師のお婆《ばあ》さんは『この子は一生、牛の肉を食べてはいけない』と言ったんですって」

あるとき出会った三十代の女性が話してくれた。農暦とも呼ばれる、いわゆる旧暦に従って祭事などを行い祖先を敬い、一般に祈りや占いにも熱心な台湾の人たちの生活は、沖縄の人たちのそれと似ている印象がある。彼らが折に触れてユタと呼ばれる人々を通して天意を知るように、台湾の人たちにもそれぞれに拠《よ》り所とする存在がいるようだ。

さて、占い師によって牛肉食を禁じられた女性は、その言葉を忠実に守る親に育てられた。ところが彼女は日本に留学したとき、つい誘惑に負けておでんの「牛すじ」を食べてしまったのだそうだ。あらまあ、美味《おい》しくてビックリ。多少は気がとがめたものの、肉でなくて「すじ」だから構わないだろうと、それからも何度か食べた。すると留学を終えて台湾に戻ったとき、家族から指摘されたのだという。

「性格が変わった、短気で気むずかしくなったって。『まさか牛の肉を食べたんじゃないだろうね』と言われました」

怖くなって、それきり二度と牛肉は口にしていないと彼女は神妙な顔で語っていた。「牛舌餅」は牛を家族と見なし、たとえ飢えても迂闊《うかつ》に食べたりするものではないと自らを戒めてきた人たちが、牛の柔らかく温かい舌に似せて考案したものかも知れないと想像した。

鹿港も、やはりもともとは原住民族である平埔《へいほ》族のパゼッヘ（巴宰）族が暮らす土地だった。天然の良港に恵まれていたこともあって早い時期から中国大陸の人が移り住むようになり、かつては「一府（台南）、二鹿（鹿港）、三艋舺《もうこう》（台北の万華《ワンファ》）」と言われるほど貿易港として栄えたという。だが、時と共に港には河川から流入する土砂などがたまり、日本統治時代に入ってからは鉄道を通すことを受け容れなかったため、それきり時代の波に乗り遅れた。だが、お蔭《かげ》でかえって清の時代からの赤煉瓦《あかれんが》の街並みをよく残すことになり、今も独特の風情《ふぜい》を保っている。

台北から台湾高速鉄道（高鐵《こうてつ》）に乗っておよそ一時間、台中《タイジョン》駅で陳旭慶さん、台中在住の陳永旻《ちんえいみん》さんと会った。名字が同じで呼び分けが難しいから、私はいつも陳旭慶さんを「陳さん」、陳永旻さんは「陳先輩」と呼ぶことにしている。この一連の旅の間、陳さんが案内役をして下さるのに加えて、少し足を延ばす場合にはほとんど陳先輩が車を出して下さるから、どれほど助かっているか分からない。その日も陳先輩の車に乗り込んで、さて、そのまま「牛舌餅」に突進するのかと思いきや、まず行った先は「鹿港文武廟《びょう》」というところだった。既に十一月に入っていたが、晴れて熱《や》い風が吹いたと思えば、いきなり大粒の雨がばらばらと落ちてきて、またぴたりと止み、再び強烈な陽に灼《や》かれて、一瞬のうちに今度は黒い雲に覆《おお》われるという、めまぐるしい天気の日になった。

一八一〇〜二〇年代にかけて建てられた鹿港文武廟は、文開書院、文祠《ぶんし》、武廟の三つが一カ所に集まった、今でいうなら学校、文芸団体という教育機関と、信仰の対象である関帝廟とが一つに合わさった施設と考えていいだろうか。そこに北白川宮能久《きたしらかわのみやよしひさ》親王の石碑が残っているという。陳先輩は、まずそれを私に見せたかったようだ。

親王家の庶子として生まれた北白川宮能久親王（一八四七〜一八九五）は幼少年期を僧侶《そうりょ》として過ごした後、彰義隊に擁立されて上野戦争に巻き込まれたり、逃げのびて仙台藩に身を置いたり、明治新政府に変わってからは京都に蟄居《ちっきょ》したりと、文字通り幕末から明治にかけての激動の時代、その荒波に翻弄されつくした人だ。還俗《げんぞく》した後はプロイセンに留学し、ドイツ貴族の未亡人と恋に落ちたが結局はかなわず、帰国して軍人となる。

一八九五（明治二十八）年、日清講和条約締結後の五月二十四日、海軍大将の樺山《かばやま》資紀《すけのり》が初代台湾総督として日本を出発。「二十七日には北白川宮能久親王の率いる近《この》衛《え》師団と、沖縄の中城《ナカグスク》湾で合流し、二日後の二十九日に台湾上陸を開始した」（伊藤潔著『台湾』中公新書）。北部の澳底《オウテイ》から始まった上陸作戦は、そこから基隆《キールン》、台北、淡水《タンスイ》へと進撃、各地を占領していき、さらに南下するというものだった。ところが樺山総督が「十一月に、『今ヤ全島全ク平定ニ帰ス』」（同前）と大本営に報告する直前の十月末、能久親王は台南で薨逝《こうせい》する。享年四十九。マラリアだった。つまり北白川宮能久親王は、日本に割譲された台湾に近衛師団長として一番乗りを果たした軍人であり、なおかつ初めて外地で殉職した皇族だった。その後、この島には台北の台湾神社を皮切りに各地に神社が造られていくが、能久親王は「台湾平定の英雄」として、台湾のほとんどの神社の主祭神とされた。

「北白川宮能久親王御遺跡　鹿港軍情御視察之《の》所」

文武廟内の壁にはめ込まれる形で保存されている石碑の碑額の文字は、どことなく据わりが悪い。室内の暗さもあって碑文までは読み取れなかったが、何となく落ち着かない碑額の文字が、これを刻した日本人たちの心情と、往時の能久親王の状況を示しているように感じられなくもなかった。南北に長細い島の、ちょうど中間点に位置するこの街にたどり着いた段階で、もしかすると能久親王は既に体調を崩していたのではないだろうか。その頃までの台湾は「マラリアをはじめとする風土病が蔓延《まんえん》し、毒蛇の棲息《せいそく》する地」（同前）だったことも、清国が台湾統治に積極的でなかった理由の一つとされている。幕末から何度となく戦に巻き込まれ、激動の運命をたどってきた親王は、日本にいたなら乾いた風や高い空などに秋の深まりを感じて良いはずの頃に、高温多湿のこの島で、繰り返し襲ってくる高熱にあえぎ苦しみながら、故国から遠く離れた土地で病みつくことになった我が身の哀れや国の未来を、どう捉《とら》え、この島に何を感じていたことだろう。

　ところで、能久親王が鹿港に立ち寄ったのにはそれなりのきっかけがあるようだ。この街は「日本軍の速やかな台北入城を要請し、みずから案内役を務めた」（同前）辜《こ》顕栄《けんえい》（一八六六〜一九三七）という人物の出身地だった。「7月に日本の近衛師団が台湾を南下する際には辜も同行し、軍の道案内や抗日勢力の誘降を担当し、時には自ら現地の壮丁を『義勇軍』として組織して日本軍を支援した」（ウィキペディア）というのだから、日本にとっては非常に心強い現地人の味方だったはずだ。その彼が、自らの出身地である鹿港に能久親王率いる近衛師団を案内し、しばしの休息の場を提供したことは想像に難くない。

辜顕栄は、もともと商人だった。日本軍の無血台北入城を手引きしたことをきっかけに、「半年後、保良局長に就任した。翌年には事業を始め、政府の食塩専売特許を獲得し…（中略）…事業は塩の専売、アヘンの卸売りのほか、広く糖業、金融、建築、漁業にまで及び、10年を経ずして百万長者にな」（『台湾史小事典』中国書店）ったことから「御用紳士」と呼ばれ、その生涯を通じて莫大《ばくだい》な財をなし、ついには台湾初の貴族院議員にまで上りつめるこの人物も、当時はまだ二十代だった。今こそ運命を変えるチャンスとばかりに頭をフル回転させ、飛び回るようにして立ち働いた様子が目に浮かぶようだ。

鹿港の、街並みのベースにあるものは赤煉瓦の家々や路地の入り組んだ清時代の風景だ。そこに日本統治時代が覆い被《かぶ》さって隙間《すきま》を埋め、今は双方が渾然《こんぜん》となり共に古びて一つの風景になっている。そんな街並みの外に建つ辜顕栄の屋敷は、ひと際《きわ》人目をひくものだ。広々とした敷地に建つのはルネサンス建築を取り入れた、邸宅というよりも城に近く、ドーム形の屋根といい鐘楼といい、当時の日本が「西洋文明」に追いつき肩を並べるべく必死で突っ走っていた頃に建てられた他の建築物とも通じている。現在は「鹿港民俗文物館」として一般公開されている。中に入ってみた。

当時「台湾五大家族」の一つに数えられるまでになっていた豪商の、庶民には計り知ることさえ出来なかったに違いない、桁《けた》違いに豪奢《ごうしゃ》で華麗な暮らしぶりが建物や調度品、展示物からうかがえる。だが、屋敷の主《あるじ》はどの程度この屋敷で過ごすことが出来ただろうか。一九三七（昭和十二）年十二月、彼は東京の別邸で死去している。七十一歳になっていた。既に、同じ年の夏には盧溝橋《ろこうきょう》事件、第二次上海事変と相次いで勃発《ぼっぱつ》しており、次第に戦時色を強めていた日本の年の瀬は、台湾生まれの老人には、さぞ寒く感じられたことだろう。

まるで死ぬために台湾を南下していったような壮年の皇族。その案内役を買って出たことを機に上りつめ、栄華を極めることになった若い商人。人気のない廊下に置かれた長椅子《ながいす》に腰掛け、この地ですれ違った二つの人生と、その時代をしばし思い描いた。竹製の風鈴がカン、コンと微《かす》かに鳴っていた。

街が古ければ、大陸から渡ってきた人々がまず建てるという天后宮も古いのが道理。鹿港の天后宮は明末から清代の初期というから、一六四四年前後に建てられたと思われる。その後、一七二五年に現在の場所に移された。祀《まつ》られている媽祖像は福建省湄《び》州《しゅう》から迎えられたもので、こちらは台湾でいちばん古いのだそうだ。そのためか、ここはいわゆる総本山のような位置づけになっているらしく、折しもその日は何かの祭りだったのか、各地から熱心な媽祖信者たちが集まってきていた。

　広い道の両脇《わき》には軒を連ねる商店の他、それらに重なり合うように露店も並んでいて、人でごった返していた。子ども連れに犬連れにスクーター二人乗り、手つなぎカップルにベビーカー、杖《つえ》をついた高齢者の団体、肩車の親子などなど、老若男女《ろうにゃくなんにょ》が絶えることなく右へ左へと流れていく。それらの人をかき分けるように、天后宮への参拝を済ませた各地の媽祖信者たちが、次から次へと趣向を凝らした山車《だし》を仕立てたり独特のかぶり物をしたり、銅鑼《どら》を打ち鳴らしラッパを吹いて進んでくる。道行く人たちは、それらの行列には大して気を留める様子もなく、ひたすら沿道の賑《にぎ》わいを楽しみながら、自分たちも参拝するようだった。

　露店も含めて屋台や商店で売られているのは鹿港名物の牡蠣《かき》の包み揚げ（蚵仔酥《クーザイシュウ》）やエビ団子（蝦丸《シャーワン》）から始まって、風船、何かの粉を筒に詰めて押し出して作る菓子、シジミ、サボテン、光るステッキ、富くじ、アナジャコの唐揚げ（蝦猴酥《シアホウシュウ》）、本物か分からない玉や仏具、台湾名物の布袋《ほてい》劇に使う指人形などなど。それらの一つ一つを眺めているうち、また新しい信徒の団体が来た。銅鑼が鳴る。その先頭を歩く人の異様さが、真っ先に目に飛び込んできた。

上半身裸の男性は、鬼が持つ棍棒《こんぼう》のようなものを構えて、そのトゲトゲで自らの身体を痛めつけ、血を流しながら首や腕を大きく振り、大股《おおまた》でゆっくり歩いてくるのだ。背中の入れ墨にまで、自ら流した血の雨が降り注いでいた。ぽかんと見つめていたら、彼は私の目の前でいきなり立ち止まり、紙幣に見立てた紙を燃やして、大きな身振りで舞い始めた。実に庶民的で、また土俗的な信仰者たちの姿だった。

「台湾ではどこでも牡蠣のオムレツを食べますが、ここの店は特にケチャップの味が評判なんだそうだ」

気がつけば昼もずい分過ぎている。陳さんに促され、私たちは小さな食堂で牡蠣オムレツと五目そばをかき込んだ。さあ、いよいよ「牛舌餅」である。食堂の数軒隣の店で、それはあまりにも当たり前に売られていた。

――これが。

牛タンという、少しばかりグロテスクな響きとはほど遠い楕円《だえん》形のシンプルな焼き餅《もち》が、話に聞いていた通り、そこでもここでも売られていた。白いプレーン生地の他にも、芋味の紫、苺《いちご》味のピンクと意外にもポップな印象で、可愛《かわい》らしくさえある。陳先輩が焼きたてを一枚買ってくれた。柔らかい食感に、まったく外連味《けれんみ》のないほのかな甘み。見た目通りのシンプルさ。

台湾の菓子はどれもそうだ。控えめな甘さや素朴な食感は、たとえて言うなら一枚の画用紙だろうか。幼い頃から食べつけてきた人だけが、そこに菓子を食べたときの家族や友だちとの思い出、強烈な陽射《ひざ》しや抜けるような青空、叩《たた》きつける雨の感触などを映し込んで、自分だけの物語を描くことが出来る。旅人がいきなり口にしても、何かしら物足りなく感じるくらいに味気ない。その代わり後になって思うのだ。あのときの味はどんなだったろう、誰とどこで食べて、互いに笑い合ったのだったろうか、などと。私は、これを食べたいと切望する台湾人の知人を思い、一方で「そんなに食べたいものかな」と首を傾《かし》げていた人のことを思った。

陳さんが、水飴《みずあめ》で固めたピーナツをカンナで削ったものを刻んだ香菜と共に薄皮で包んだ、クレープみたいなお菓子を買ってくれた。これもまた印象と寸分違《たが》わぬ素材だけの味。何と優しく控えめで、飾り気のないことか。さあ、ではそろそろ台中まで戻りましょう。清の時代の煉瓦の壁に、日本風のセメント瓦《かわら》が載っかって、端に真っ黒い台湾犬がつながれている小さな家の前で、私たちは再び陳先輩の車に乗った。

実は、陳さんと陳先輩とは親戚筋《しんせきすじ》になるらしい。陳さんは陳先輩の母上を「お姉さん」と呼ぶから、最初は「叔父と甥《おい》」の関係なのかと思ったのだが、それよりはもう少し遠い親戚のようだ。陳さんと同様に子ども時代から学校で日本語教育を受けた、いわゆる「日本語世代」と言われる陳先輩の母上に、一度お目にかかりたいと思っていた。

「ずっと話していないと、蓋《ふた》が出来てしまうんですね。それが何かの拍子に蓋がとれると、日本語が次から次へと出てくるものですよ」

願いが叶《かな》った日、陳先輩の母上、陳楊翠華《ちんようすいか》さんは私たちを自宅の居間に招き入れ、まずそう語り始めた。

台中の海岸線にある清水《きよみず》の旧家に生まれた。楊《よう》家から陳家に嫁いだから、名字が二つ重なっているということだ。「失礼ですが」と生まれ年を尋ねると、即座に「昭和五年です」という答えが返ってきた。

「鹿港民俗文物館」として公開されている辜顕栄の元屋敷（上）。
鹿港の天后宮の祭りの様子（中）。
柔らかい食感にほのかな甘みの牛舌餅（下）。

台中で聞く「にっぽんのうた」

日本と台湾はいつから行き来があったのか。

十六世紀半ばにポルトガル人がはるばるやってきて「発見」したのとは異なり、日本と台湾とは隣近所の島同士ということもあって「倭《わ》寇《こう》や海賊の格好の巣窟《そうくつ》であったのは事実」（伊藤潔著『台湾』中公新書）だというし、国境などとは無関係に大海原《おおうなばら》を自由に行き来していた人たちにとっては、古くからつきあいのある島だったと考えるのが妥当だろう。

一五九三年には豊臣秀吉《とよとみひでよし》が「原田《はらだ》孫七郎《まごしちろう》を使者にたて、台湾の『高山国《こうざんこく》』に入貢を促したが（中略）そもそも台湾のだれに、秀吉の書簡を手渡すべきかが分からなかった」（同前）ために実現しなかった。秀吉が統一して以降「日本」であり続けている私たちの国に対し、多民族多言語の人々からなる台湾には、ずっと統一政権や王朝といったものが誕生しなかったからだ。

日本が徳川時代を経て明治維新を迎える頃になると、台湾の位置づけはより政治的なものになる。無論、それまでの三百年ほどの間にも文物の往来はあったし、歴史の表舞台に出てこない人的交流はずっと豊富であり続けていたに違いないのだが、この頃から少しきな臭くなってくるのだ。しかも、隣近所なのは日本だけではない。もっと近くに中国大陸がある。だからこそ多くの漢民族が移り住んできた島だ。

一八八四（明治十七）年、清国とフランスとの間でベトナム権益を巡って清仏戦争が勃発《ぼっぱつ》する。フランスは、清国が領有していた台湾の基隆や淡水に上陸を繰り返した。この軍事行動が「清国政府に台湾の重要性を認識させ」（同前）、台湾を自国の領土としてより積極的に発展させるため、改革推進派の劉銘伝《りゅうめいでん》（一八三六〜一八九五）が派遣されることになる。劉銘伝は清仏間の停戦合意がなされた後の一八八五年、台湾が福建省から切り離されて独立した「台湾省」となったのを機に初代の台湾巡撫（知事）になった人物である。

清国政府は長い間、台湾を「化外《けがい》の民、化外の地」と位置づけていた。「化外」とは「王化の及ばない所。教化の外」（『広辞苑《こうじえん》』）の意というから、つまり人も土地も、まったく野蛮でどうしようもない、くらいにしか見ていなかったことになる。そんな島で、劉銘伝はまず行政区画の再編成に力を入れ、三府十一県三庁一直隷州《ちょくれいしゅう》をおいた。そのうちの三府とは、北から台北府、台湾府、台南府である。

当時、台湾の都は台南だったが、劉銘伝は「台中の地勢と位置が台湾府に最適であると結論づけ（中略）中部の住民が彰化か鹿港《ろっこう》に府を設けたいという提案を退け、当時はただの小村だった台中を台湾府の場所に決定した」（王惠君・二村悟著『台湾都市物語』河出書房新社）。かくして台中に、台南以上に大きな規模の都市が築かれようとする。ところが「中国国内の政争もあり、劉銘伝は病気を理由に」（前出『台湾』）台湾を去り、一八九四年、台湾の省都は台南から台中ではなく台北へと改められる。台中での城市建設工事は中止された。日本が清国から台湾を割譲されるのは、その翌年のことだ。わずかな期間、台湾省都となる夢を抱いた台中は、その後は日本人の手によって新たな都市となっていく。

台中は、私たちの旅の案内人である陳旭慶さんにとって特別な街だ。終戦の年の春に台中一中（現台中市立台中第一高級中等学校）に入学したばかりだった陳旭慶少年は、当時は彰化県の自宅から離れて台中に下宿していたという。

「故郷と台中とは汽車に乗れば一時間半の距離。しかも、学校から証明が出なければ配給の切符も買えない時代でした」

帰省出来るのはせいぜい一カ月に一度くらい。それも昼間はいつアメリカ軍の爆撃があるか分からないから、灯火管制下の夜、闇《やみ》に紛れて進む汽車で帰ったという。今も市民の憩《いこ》いの場となっている台中公園には防空壕《ごう》が掘られていて、空襲警報が鳴ればそこへ駆け込むこともあった。その当時の建物と変わらない台中駅の辺りを散歩した。駅近くを流れる緑川の傍《そば》には「宮原眼科」という大きな眼科医院があった。今は往時の面影を遺《のこ》しつつ人気のスイーツ店となっている。赤煉瓦の建物は、当時はさぞ格式高い医院として威容を誇っていたことだろう。

「向こうには、ここの院長の別荘もあったんだよ」

こぢんまりとして落ち着いた街だ。陳さんからは次々に当時の思い出が引き出されてくる。

そんな台中で、陳さんが「お姉さん」と呼ぶ陳楊翠華さんのお宅にお邪魔する機会があった。陳楊翠華さんは、私が「陳先輩」と呼んでいる陳永昊さんの母上でもある。一九三〇（昭和五）年、午《うま》年生まれ。

「小学校は南国民学校に行っていました。あの頃の学校は二つに分かれています。日本人が勉強する小学校と、本島人（台湾人）が勉強する公学校。それを当時、昭和十何年かに清水南国民学校と名前を変えたわけです。そこを卒業しまして、台中州立彰化高等女学校（現国立彰化女子高級中学）に入学させていただきました」

一クラス四十名、台湾人と日本人が半々だった。つまり台湾人の生徒にも日本人と変わらない日本語力がなければならないことになる。当時の話を聞くと必ず出てくる「国語の家」というものが、ここでも登場した。台湾人家庭で家族全員が日本語を話せると認められた家だけが「国語の家」という表札を門柱に掲げられるのだそうだ。調査に来るのは警察官。

「お祖父《じい》さんとかお祖母《ばあ》さんとか日本語が話せない人は、奥に、奥に、出てこないようにしてね。調査の方々がお帰りになった後、出ていらっしゃいと。それで認められました。でもね、お上の人が帰られたら、やっぱり台湾語で喋《しゃべ》りますよ。私たちにとっては方言と標準語のようなもの」

当時「国語の家」と認められた家は配給などの面でも日本人と同等の待遇を受けることが出来た。そういう環境で育ったから、陳楊翠華さんは日本語に不自由していなかった。彰化高女の制服は三線セーラー。スカート丈は足もとから何センチと決められていて、髪は肩についたら二つに結わく規則だったそうだ。

「二本の箒《ほうき》みたいにしてね。もっと伸びたら切るんです。三つ編みはダメ。厳しいですよ」

既に太平洋戦争は始まっている。その日常は、日本本土の軍国少女たちとまったく変わらなかった。せっかく女学校に入っても授業時間はどんどん削られて勤労奉仕にあてられ、山で畑を耕し、芋や野菜を作る。軍事施設が近くにある場合は工場での作業に駆り出されることもあったという。

「お国のため、お国のためと言ってね、やりました」

台湾でこういう話を聞くとき、日本で親の世代から聞くときとはまた異なる気分になる。何とも言えず切なくなって、胸が詰まるのだ。無論、理屈では分かっている。植民地だったのだから、当時は同じ日本人として生きていたのだから仕方がない、と。それでも、どうしても「巻き添えにした」という感覚が拭《ぬぐ》えない。たった半世紀。わずか五十年間だけを、しかも植民地人として、時に差別を受けながら生きなければならなかった挙げ句、この島の人たちは、あの戦争に巻き込まれた。

陳旭慶さんも憶《おぼ》えている通り、台中にも空襲があった。陳楊翠華さんは空中戦を見たことも記憶している。一機が炎上して墜落したときは敵か味方か分からないまま、

「わあっ、落ちた落ちた！」と手を叩《たた》いたという。

「それから空襲で学校が休みになったとき、アメリカの飛行機が山に落ちたといって、

敵兵を囲いに行ったの、みんなで。こう、追い詰めて、つかまえて、目隠しして、警察署まで連れて行ったのを見ましたよ。そのとき、ワタクシたちはおにぎり、作っていました。兵隊さんたちにあげるおにぎり」

既に食糧事情は悪化しており、配給米も減らされていた。だから自分たちは芋がゆや雑炊を食べながら、兵隊たちに食べさせる白米のおにぎりを用意した。

「戦争だからしようがないでしょう。みんな、お国のために働きますと言って、『私どもは、大日本帝国の臣民であります！』って、六箇条、毎日唱えていましたから」

六箇条とは、正式には「皇国臣民ノ誓詞」のことである。一九三七（昭和十二）年に朝鮮で発布された。当時日本は皇民化政策を強力に推し進めており、「植民地統治の下で朝鮮人を戦時動員体制に組み込むために」神社参拝の強要などと共にこの誓詞が制定され、「学校では毎朝これを斉唱させ、職場や家庭でも強要された」（『世界大百科事典』平凡社）。児童用と大人用のそれぞれ三箇条、合わせて六箇条を、同じ植民地の台湾でも斉唱させていたのだろう。

皇国臣民ノ誓詞（其《そ》ノ一）児童用

私共は、大日本帝国の臣民であります。

私共は、心を合わせて天皇陛下に忠義を尽します。

私共は、忍苦鍛錬して立派な強い国民となります。

皇国臣民ノ誓詞（其ノ二）大人用
我等は皇国臣民なり、忠誠以《もつ》て君国に報ぜん。
我等皇国臣民は互に信愛協力し、以て団結を固くせん。
我等皇国臣民は忍苦鍛錬力を養い以て皇道を宣揚せん。

　毎朝、朝礼でこの六箇条を唱え、宮城《きゅうじょう》（皇居）のある東を向いて遥拝《ようはい》し、必ず『海ゆかば』を歌ったという。教室に帰るときは軍艦マーチで行進だ。こうして立派な軍国少女として日々を過ごしていても、戦況は悪化する一方だった。

「勉強している間に、ばーーーっと空襲（警報）が鳴るでしょ、そしたら早く頭巾《ずきん》被《かぶ》って防空壕に走っていくんです。いつも学校の椅子《いす》の背に、一方は鞄《かばん》、もう一方は防空頭巾と救急袋をかけてあって」

　やがて敗戦。陳楊翠華さんは四年生になっていた。

「みんなで悲しんだの。どうして負けたの。どうしてこんなハメになったの、とだけ言ってね。台湾人も日本人も喧嘩《けんか》するということはしない。みんな仲がいいから」

だが終戦の日を境にして、同じ教室で学んできた少女たちの運命は大きく二つに分かれていく。日本人は所有していた動産・不動産のほぼすべてを没収され、「一人につき現金一〇〇〇円と途次の食糧、リュックサック二袋分の必需品」（前出『台湾』）しか持つことを許されず、本土へ引き揚げなければならなくなった。当時のことを語ろうとするとき、陳楊翠華さんの声は途切れ、震えた。

「今まで一緒だったでしょ。それを引き裂かれるわけだからね。やっぱり相当つらい思いを致しました。みんな、駅で抱き合って泣いたりね。本当に、今でも思い出すと、まだその状況がちらついてきます」

終戦当時、台湾にいた日本人は「軍人一六万六〇〇〇余人を含めて、およそ四八万八〇〇〇余人」（同前）。その中には、いわゆる「湾生」と言われる台湾生まれの人も少なくなかった。彼らにしてみれば台湾こそが生まれ故郷であり、一面の焦土と化したらしいと聞こえてくる日本は、あまりに遠く思えたに違いない。そこへ、ほとんど身一つで引き揚げなければならなかった人々の労苦がしのばれる。

一方、別れのつらさはあるものの、日本の植民地支配から解放されて「光復《こうふく》」出来たと喜んだのも束《つか》の間《ま》のことだった。台湾の人々にも新たな試練が襲いかかってきたからだ。蔣介石麾下《きか》の国民党軍が入ってきた途端に、島中が猛烈なインフレに襲われ、治安は乱れて大混乱に陥った。すべての日本人が台湾から引き揚げたのは一九四六年、その翌年には「二・二八事件」と呼ばれる国民党軍による島民大虐殺《だいぎゃくさつ》と大粛清につながる悲劇が起き、台湾はそのまま白色テロの時代へと突入していく。その頃、陳楊翠華さんは教員となって教壇に立っていた。

「日本の先生がみんな帰られて、教員が相当不足しました。本当は彰化高女というのは、四年で卒業してもう一年勉強したら訓導（旧制小学校の正規の教員）になれる規則がありました。それが、そういう制度がなくなっちゃったから。それでワタクシたちは逆に、何の障害もなくスムーズに先生になっちゃったの」

国民党政府は北京《ペキン》語を新しい国語と定めて日本語の使用を厳しく禁じた。「国語」そのものが変わったのだ。言葉を奪われるということは、ある意味で目や耳をふさがれるのと変わらない。ラジオの放送も分からなければ新聞も読めない、あらゆる情報から遠ざかる。そんな状況に置かれた人々が混乱し、不安にならないはずがない。若い小学校教員となった陳楊翠華さんも同じだった。

「北京語なんか全然知らないの。仕方がないから今夜、北京語の先生のところに習いに行って、それを明日、生徒に教えるの。でも、裏では日本語で喋っていましたよ。一番話しやすいんですもの。表では台湾語か北京語で喋っても」

数えで十六歳まで日本人だった陳楊翠華さんは、日本の敗戦と共に台湾人となり、付け焼き刃の北京語で子どもたちを教えて過ごした。その後、結婚、出産。それぞれの時代にそれぞれの苦労があったが、それでも日本との縁はずっと切れることはなかった。時代が落ち着いてくると女学校時代の友だちの消息も次第に分かってきて、同窓会を開くことも出来るようになったという。かつて「化外の地」と言われた島で培《つちか》われた心や、互いの間に結ばれた絆《きずな》は、たとえ違う国の人間となっても喪《うしな》われてはいない。

陳楊翠華さんには、今も日本の歌を共に楽しむ仲間がいる。台中にある港区《ガアンチュ》ロータリークラブの創設者メンバーの未亡人たちでサークルを作っているのだそうだ。定期的に集まっては食事やお喋りを楽しみ、皆で健康法について学んだり、裁縫をしたり、歌を歌うのだと聞いて、一度是非その集まりに参加させていただきたいとお願いした。

「ええ、ワタクシは、十歳までは、日本人でした」

「私は十五歳まで日本人だったんですよ」

「あなたは日本のどちらからおいでになったの。私は十二歳まで日本人でした」

その日、台中の海鮮料理店に集まった女性たちは、皆さん素敵にお洒落《しゃれ》をして、最初は緊張した面持ちでこちらを見ておられたが、やがてお一人お一人がそう話しかけてこられた。終戦時に学齢期に達していた人ならば、学校で日本語を習っているから、それが身体《からだ》のどこかに残っている。普段の会話は北京語と台湾語、そして日本語とのチャンポンだ。食事が済むと、陳楊翠華さんの音頭《おんど》でコーラスが始まった。まずは霧《きり》島昇《しまのぼる》と渡辺はま子が歌って人気だった『台湾楽しや』。さらに『桃太郎』『蘇州《そしゅう》夜曲』『青い山脈』と続いた。

生まれたときは日本人だった女性たち。途中から言葉を奪われ、時代に翻弄され、それでも生き抜いてきた人たちの歌声が、戦争を知らない私の胸に染《し》み渡る。

「また、いつでもおいでなさいね」

「お元気でお過ごしなさい。またお会いしましょうね」

別れ際《ぎわ》、私の腕をさすり、手を握りながら、それは綺麗《きれい》な日本語で皆さんは代わる代わる言ってくださった。七十年前の別れの場面が思われた。彼女たちは、いつまでも手を振っていた。

台湾第三の都市・台中市の玄関口である台中駅。現在の駅舎は一九一七年に建てられた（上）。昭和五年に生まれ、数えで十六歳まで日本人として育った陳楊翠華さん（下）。

道草して知る客家《ハッカ》の味

台北には「台北捷運《ジェユイン》」という地下鉄網がある。市内と周辺近郊とを縦横に結んでいる。正式名称は「台北都会区大衆捷運系統」、通称ＭＲＴ。一番古い路線でも一九九六年の運行開始というから、どの路線も、また駅も新しい。今なお増え続けているその路線図を眺めると、色分けのされ方といい充実ぶりといい、東京や大阪の地下鉄路線図とそっくりだ。つまり日本で地下鉄に乗り慣れている者なら、台北のＭＲＴはほぼ何の苦もなく乗りこなすことが出来る。しかも悠遊《ユウヨー》カードというＳｕｉｃａやＩＣＯＣＡのようなＩＣカードもあるから、初めにこれを購入してしまえば、いちいち切符を買う手間も省ける上に乗車賃も割引される（二〇二〇年からは十回以上乗車しないと割引されない）。また、この悠遊カードはＭＲＴの各駅だけでなく、セブン‐イレブンなどのコンビニエンスストアでもチャージが出来るから実に便利だ。

地下鉄駅といえばエスカレーターがつきもの。たとえば東京では、エスカレーターで立ち止まる人は左側に寄って右側をあけるのが通例になっている。京都までは東京と同じだが、これが大阪になると逆に右側に人々が立ち止まり、左側をあけるのはよく知られるところ。そして面白いことに、台北は「大阪方式」である。大阪より「もっと西」に位置するのだから理屈が通っているのかなと考えたりもするが、だから台北でエスカレーターの右側に寄って立ち、左をすり抜けていく人たちをぼんやり眺めていると、うっかり大阪辺りをうろうろしているような気分になることがある。

ＭＲＴの駅には時刻表がない。その代わり電光掲示板に、あと何分で次の電車が到着するという表示が出る。これは横断歩道の歩行者用信号にも言えることで人の姿の信号の下に「あと何秒で赤になりますよ」という数字も示される。その上、残り時間が少なくなると日本のように「青の点滅」になるのではなく、表示されている人の姿が駆け足になってちょっと可愛《かわい》くも見えるのだ。日本よりのんびりしている印象の台湾だが、こと交通機関に関しては、このように「あと何分」「あと何秒」と具体的に示すところを見ると、意外にせっかちなのかも知れない。

「そのせいかな、マナーはすごく向上しました。前はこんなにきちんとはしていなかったんです」

あるとき台湾人の知り合いが感慨深げに言ったことがある。確かに私が初めて台湾を訪れた二〇〇一年当時には、横断歩道を渡る人たちも、夫婦に子どもまで含めて三人、四人乗りも珍しくなかったスクーター利用者たちも、みんな相当にマイペースで信号など大して守ってはいなかった。それが今やきちんと信号を守り、ＭＲＴでは整列乗車が当たり前。「降りる人が先、乗る人は後」「乗降口の真ん前に立たない」といったマナーも浸透している。しかもＭＲＴの場合、禁煙はもちろんのこと飲食物の持ち込みも禁止だ。

「そんなこと全然知らないから、日本にいるつもりで普通にペットボトルのお茶を飲んでたら、近くにいたお爺《じい》さんから苦虫を嚙《か》みつぶしたような顔で『あれを見ろ』って車内ポスターを指さされちゃった」

一緒に旅をしている人が苦笑していたことがある。幼い子どもに至るまで、ガムを嚙んでいる人もいなければテイクアウトの飲み物などを手にしている人もいない。さらに高齢者や子ども連れ、障がいがある人などに対する席の譲り方も見事に徹底している。日本で言うところの「優先席」だけでなく、自分より弱いと思う人が乗ってきた途端に、学生も若者も、さっと立って席を譲るのだ。だからＭＲＴはいつ乗っても清潔な上に、整然とした印象がある。これこそ教育のたまもの、日本が見習わなければならない部分だと、いつも思う。

さて、このMRTに乗っていると、次の停車駅が女性の声で録音アナウンスされる。旅行者は少しでも駅名を聞き取り、発音の一つも覚えようと耳を澄ますものだが、実は最初はこれに戸惑った。「次は〇〇です」と何度か繰り返しているはずのアナウンスが毎回、違って聞こえるからだ。それもそのはず、一つの駅名を「国語（北京語）」「台湾語（閩南《ミンナン》語）」「客家《ハッカ》語」、そして最後に「英語」という順番でアナウンスしているのだった。中でも三つ目が「客家語」だということは現地の人から教わるまで分からなかった。

たとえば「行天宮」という駅がある。台湾でも一、二と言われる人気のお寺・行天宮が近い駅だが、ごく乱暴にカタカナで発音を表記してしまうなら、北京語では「シンティエンゴン」、閩南語だと「ヒェンテェンキョン」、そして客家語になると「ハンテンコン」となるそうだ。台湾では多くの人が北京語と台湾語とを日常的に使い分けていることは承知していたが、ここに客家語が加わるとは思わなかった。大体、多くの日本人には客家という存在がよく分かっていない。

客家とはどういう人たちなのか。

台湾では人口のおよそ一四パーセントを客家が占めている。この比率は第二次世界大戦後に蔣介石と共に中国大陸から渡ってきた「外省人」と呼ばれる漢民族の比率とほぼ同じだ。台湾の人口はおよそ二千三百四十万人（中華民國統計資訊網・二〇一四年六月現在）だから、およそ三百二十七万人といったところだろうか。

客家は、もともとは黄河流域に暮らしていた漢民族の一種だという。それが長い歴史の間に何度となく繰り返されてきた戦乱により住処《すみか》をうしなって、次第に南下するようになった。幾度も移動と定住を繰り返してきたことから「中国のロマ」などと呼ばれることもあり、現在は中国南部、海南島、台湾の他、東南アジアの華僑《かきょう》に多く、その総数は約千五百万人（注：世界客家懇親会を伝えるニュースでは三千万人）。「客」という文字は「他郷から来た移住者の意味で、土着民が区別していった語である」（『世界大百科事典』）というから、言うなれば「よそ者」呼ばわりされたものを自分たちでも使うようになったということだろうか。

本来は中原《ちゅうげん》の民として「正統派漢民族」の意識を抱いていたはずの人々が、どこに行っても先住者から「よそ者」扱いを受けて、ときに摩擦を起こし、その結果、幾度となく住まいを移さざるを得ず、さまよってきた歴史を経ると、どうなるか。客家人の特徴としては、

「㈠強い団結心　㈡進取・尚武の精神　㈢文化・伝統保持への自信
㈣教育の重視　㈤政治への高い指向性　㈥女性の勤勉性」
（高木桂蔵《けいぞう》著『客家　中国の内なる異邦人』講談社現代新書）というものが挙げられるそうだ。また「簡単に土着民と融和せず、械闘《かいとう》といい武器をとって激しい争いを繰り返した」（前出『世界大百科事典』）ともいう。

　要するに自分たちの身を守るために強く結束して、「よそ者」だからと見下されないためにも勉学や労働などの努力を怠らず、時に激しい反骨精神を発揮しながら、自分たちの文化と伝統を誇りとして生き延びてきた人々、ということになるだろうか。鄧小平《とうしょうへい》、またそれぞれに孫文《そんぶん》、蔣介石の妻となり財力と共に美貌《びぼう》でも有名だった宋慶《そうけい》齢《れい》・美齢《びれい》姉妹、台湾出身者で初の台湾総統となった李登輝《りとうき》氏などが客家だという。台湾で暮らす客家も、やはり集中して居住しているそうだ。

「本当に、彼らはすごい団結心が強いですよ。そして勉強熱心だし頭もいいの。それからね」

　台湾人の友人が、くすりと笑って声をひそめたことがある。

「ケチと言ったら悪いけど、ものすごく倹約家。絶対にものを捨てないの」

だからまずゴミが出ないのだという。食べ物についても、たとえば野菜が少しでも余れば必ず塩漬けにする。葉も茎も皮も捨てない。乾物を多く用い、肉でも野菜でも少しずつ余った物をかき集め、すべて細かく刻んで炒《いた》めるような料理が多いのだそうだ。山地での暮らしや厳しい肉体労働にも耐えるためには塩分や脂分《あぶらぶん》もしっかり摂《と》る必要があることから、味付けは濃いめだという。それが何世紀にもわたって放浪を続けながら生き延びてきた、客家の人々の遺伝子に組み込まれているらしい。ひとくくりに台湾の人口の大部分は漢民族が占めていると言っても日本が統治する以前から住んできた「本島人」と「外省人」、そして独自の言葉と文化を持つ「客家」の人たちもいることを忘れてはならない。

その客家料理を、ひょんなことから味わうことになった。

そのときの旅は、どういうわけか最初から番狂わせが続いていた。いつもの通り陳さんが案内役で、陳先輩が車を出してくれたことに変わりはないのだが、当初の計画では台南からひとまず高雄《カオシュン》まで行き、高雄で一泊した上で台湾島最南端の鵝鑾鼻《がらんび》を目指すことになっていたものが、まず台南での滞在が延びたのだ。こちらとしては、日本へ戻る日は決まっているのだから、どこかを端折《はしょ》らなければならない。というわけで、その日は台南から高雄を経由して、一気に鵝鑾鼻を目指そうということになった、そのはずだった。

　天気予報では台風が近づいていると言っていた。確かに灰色の雲がぐんぐん流れてきてはさっと青空を隠し、ざあっと大粒の雨が降ってきたと思うと、また青空が覗《のぞ》くといった空模様の日になった。台湾には「台風休暇」というものがある。正確には「颱風假《タイフォンジャ》」といい、市民の生命、安全を守るために台風が上陸して危険が及びそうだと判断されたら、学校も会社も休みになることが法令によって定められている。

「関東に来る台風よりも九州や沖縄に来る台風の方が猛烈ですよね。台湾には、それよりもっと生まれたての台風が来ますから、本当にすごいんです。でも日本に来たときは『台風休暇』がないことにちょっとガッカリしました」

　以前、日本に留学している青年からそう聞かされたときは、へえ、そんな休暇があるのなら一度体験してみたいものだわね、などと笑った記憶がある。だが、いざ島の最南端を、しかも少しばかりハードなスケジュールで目指そうというときになって、何も本当に台風が来なくてもいいではないか。

「まあ、大丈夫でしょう。それるかも知れないしね」

　陳さんはさして心配していない様子だ。地元の方がそう言うのだから、きっと大丈夫なのだろうと私も呑気《のんき》に考えた。午前中に台南を出発して、高雄までは高速道路を使って一時間程度。今回は、高雄で予定していたことはすべて諦《あきら》めることにして、そのまま南を目指せば、かなり余裕を持って鵝鑾鼻まで行き着けるはずだ。すると高雄で小休止をとった後で、陳さんが新たな提案をしてきた。

「ここから少し行ったところに、日本統治時代の製糖工場の跡があって、その近くに美濃《みのう》というところがあります。そちらでお昼ご飯、いかがですか？」

基本的に道草や寄り道、予定外の行動が大好きな私にとっては願ったり叶《かな》ったりの話だ。無論、頭の片隅には「台風接近」「鵝鑾鼻」「まだまだ先」などという思いがちらついてはいたのだが、実にあっさりと誘惑に負けた。

車が走り出してから改めて地図で確かめてみると、美濃というところは台南と高雄とを直線で結び、そこを底辺として正三角形を描いた頂点くらいの位置にあった。高雄市の中央部、つまり台湾の内陸部だ。

少し行ったところだなんて言って。ちょっと遠すぎるんじゃないの。大丈夫なんだろうか。

でも、お昼ご飯はどこかで食べなきゃならないわけだし。一応、途中までは高速道路もあるみたいだし。

単純に「うん」とうなずいてしまったものの、少なからず不安になりつつあった。

陳先輩は、お気に入りの音楽を流しながら実に軽快にハンドルを握り続けている。時折、フロントガラスに雨粒が当たった。だが、ワイパーを動かし始めるとすぐに止《や》む。見上げると、空のどこかには青空が見えた。そして、また雨。やがて周囲の風景がまったく違ってきたことに気づいた。山の稜線《りょうせん》、樹影、田園、すべてが台湾北部とも、また台南の辺りとも違っている。

熱帯地域にありながら丘陵地帯になっている美濃は、古くは瀰《み》濃庄《のうそう》といった。原住民族の名からとったのだそうだが、発音が似ていることから日本統治時代の一九二〇（大正九）年に「美濃」という文字に改められた。煙草《たばこ》やマンゴー栽培の他、紙漉《かみす》きも特産で、紙製の傘が土産物として有名だと聞いて驚いた。日本の美濃《みの》も言わずと知れた和紙の特産地だ。すると、紙漉きの技術を持ち込んだのは日本人ということはないのだろうか、「美濃」つながりで美濃出身の誰かが教えたのではないかなどと考えたくなった。

のどかな農村地帯を行き、やがて、田舎道の途中にぽつりと建つ一軒の料理店の前で車を降りた途端、たっぷりと湿度を含んだひんやりした空気に全身を包まれた。店の看板には大きく「客家料理」と出ている。

「ここは客家の人が多く暮らす土地ですからね」

へえっ、こういう場面で客家の味に触れられるとは思わなかった。既に昼食時をかなり過ぎていたせいもあって他に客はいない。私は、運ばれてくる料理の一つ一つを興味津々《しんしん》で眺め、箸《はし》を伸ばした。

美濃の客家料理の中でもことに有名なのが「粄條《バンティアオ》」という、うるち米で作る麺《めん》類。平たく板状のままで寿司《すし》のように具材を巻いたり、うどんかきしめん風に細長く切られているものを炒め物や汁物に使う。舌触りとしては「つるん」「べろん」とした感じだろうか。まず、これがもやしやネギなどと合わせてある炒め物。聞いていた通り、味付けはしっかりしていてやや塩分が強い。「客家小炒《シャオチアオ》」は戻した干しイカに干し豆腐、数種類の野菜、唐辛子などの炒め物でショウガの風味がきいていた。「鹹蛋《シイエンダン》苦瓜《クーグア》」はニガウリと塩漬け卵の炒め物。他にも冬瓜《とうがん》の煮物、客家の人たちだけが食べるという水蓮《シュエイリィエン》という細長い野菜の炒め物などが出てきた。後日、台北の市場を歩いてみると、客家の使う食材や野菜には「客家」という札やシールが貼《は》られていた。

食事の後、店の奥にある「粄條」の工場を見せてもらった。毎日大量に作る粄條を付近の店などにも卸しているらしい。さらに客家の人たちが使う醤油《しょうゆ》も味見。店の人の説明では「もっとも一般的」な醤油だということだったが、日本の醤油とは違って茶色っぽく濁りがあって多少のとろみがあった。

さて、食事も工場見学も終わり、今度こそ鵝鑾鼻へ向かうかと思いきや、続いて「客家文物館」にも寄り道。そこで案内役を引き受けてくれたボランティアの男性は、私たちが日本人だと知るととても喜んで、この美濃という集落にとって、日本統治時代に日本人が持ち込んだ技術がどれほど人々の生活を向上させ、今も役に立っているかということに熱弁を振るった。中でも竹仔門《ヂュザァイムン》発電所は一九〇九（明治四十二）年に建てられた西洋風建築の水力発電所で現在も稼働《かどう》しており、発電に用いた水は灌漑《かんがい》用水として再利用され、この地域一帯を潤《うるお》し続けているという。水が豊かだからこそ、紙漉きも行われるのだ。

流浪《るろう》の末に美濃にたどり着き、根を下ろした客家の人々。彼らは、自分たちとはまた違う意味で、遠い異郷からやってきた日本人を果たしてどんな風に見て、どう感じただろう。また、この遠く遥《はる》かな山里までやってきた日本人は、自分たちの故郷とは明らかに異なる熱帯の風景を眺めながら、どんな理想を掲げ、どんな未来を夢見ながら日々を過ごしたことだろうか。

建物の外に出てみると、夕方にもなっていないのに、外は薄暗くなっていて完璧《かんぺき》に本降りだ。どうやら台風は確実に近づいているようだった。

美濃で代表的な客家料理に使われる「粄條」（上）。板状のまま具材を巻いたり、細長く切って炒め物などに使う（下）。

過去と未来を背負う街・新竹

子どもの頃から乾物屋やスーパーなどで「新竹米粉《シンチクビーフン》」というものをよく見かけた。何やらごそっとしたかさばるものが透明フイルムに包まれていて、表面に竹の葉の絵柄と「新竹米粉」という文字が赤だったかオレンジ色だったかで印刷されている品物は、決まって薄暗い店の隅っこや陳列棚の下の方などに山積みにされていることが多かった気がする。我が家の食卓に、その食品を使った料理が上ったことはついぞなかったが、それでも私の頭には「新竹米粉」という名称だけはしっかり刻まれた。「新竹」が台湾の地名であるなどとはつゆほども知らないまま。たとえば「明治牛乳」とか「伊《い》藤《とう》ハム」と同じに、「新竹」も米粉メーカーの名前だとばかり思っていた。

新竹は台湾の北西部に位置する中規模の都市。この街に「新竹科学工業園区《サイエンスパーク》」という工業団地が誕生したのは今から三十年ほど前のことだそうだ。その結果、地名からして鄙《ひな》びた片田舎を連想するこの街には電子、化学、軽工業などの企業が集まり、今や「台湾のシリコンバレー」とまで呼ばれるようになった。新しい街が出来れば人の流れも変わる。二〇〇七年に開業した台湾高速鉄道（高鐵《こうてつ》）にも、しっかり新竹駅が出来た。

　日本の新幹線の車両技術を導入していることから、台湾新幹線とも呼ばれる高鐵は、車体の色こそ白地にオレンジのラインという違いはあるものの、乗ってしまうと自分がどこにいてどこに向かっているのか分からなくなるくらい、東海道新幹線そっくりだ。と、いうより、そのまんま。違うのは、東海道新幹線ではグリーン車に乗ってもおしぼりが配られるだけなのに、高鐵のグリーン車に相当する「商務車両」に乗ると、飲み物とお菓子も配られるところだろうか。

　一方で日本とは異なる難点もある。新幹線そのものの問題ではないのだが、切符の自動券売機が少しばかり厄介なのだ。どう厄介かというと、お釣りのすべてが硬貨でしか出てこない。たとえば五十元硬貨は、日本の五百円玉とほぼ同じ大きさ。これが時として五枚も十枚も、しかも数を確かめるかのようにチャリン、チャリンと一枚ずつ出てくるのだから、重たくてかさばる上に、日本人には焦《じ》れったく感じられる。改めて紙幣に両替する機械もあるにはあるが、こちらもまた時間がかかる。だから、とにかく新幹線の切符を買うときは、大きな額の紙幣は出来るだけ使わない。

　東海道新幹線に「のぞみ・ひかり・こだま」があるように、高鐵にも「直達車・直達快車・各站《たん》停車」があって、新竹は各站しか停まらないが、それでも台北から三十分ほどで着いてしまう。大雑把に言うなら「こだま」で東京から小田原まで行く程度の感覚だろうか。その高鐵の新竹駅周辺が、行くたびに変わってきている。私はそこを通過し、また降り立つたびに、かつて新横浜駅が出来た当時のことを思い出す。何もないがらんとしたところに、ずどんと広い道路が通り、ぽつり、ぽつりとモダンなデザインのビルが建ち、やがて無機的で無国籍な印象の、新しい都市が生まれる。高鐵新竹駅周辺も同様だった。

「この辺りは今、かつてないほどの不動産ブームになってるんです。新竹は台北からも近いし、サイエンスパークがある上に、大学も集まってきていますからね」

　陳旭慶《ちんきょくけい》さんが教えてくれた。

　以前、台北の新興住宅地に出来た高級住宅街に建つマンションを見に行ったことがある。ヨーロッパ調の外観で手入れの行き届いた庭には色鮮やかな花が咲き乱れ、南国らしい植栽も大きく育っていて、池にかかる橋を渡って建物のエントランスに向かうというデザインだった。実に優雅な印象だったが建物内にはほとんど入らなかったから、住居部分などについては分からない。新竹に行ったその日、陳さんはふいにこの辺りでも最高クラスのマンションオーナーと会う用事があると言い出した。まったく想定外の予定をそのときになって告げられることは、実はそう珍しくない。私はおとなしくついていくことにした。

実際に行ってみれば、そのマンションとは高鐵新竹駅から目と鼻の先、徒歩でも二、三分で着いてしまうという場所にあった。それなのに、駅にはベンツのSクラスが迎えに来ていた。しかもハンドルを握っているのは、陳さんが会うべき相手ではなく、その人の部下だ。もう、そこからして「お金持ち」の匂《にお》いがするというものだ。駅前には広々とした駐車場があって、その周辺の道はずっと一方通行になっているらしく、結局ベンツはその辺りをぐるりと巡るように走った後、新幹線の高架下をくぐって線路の反対側に建つ建物の地下駐車場に滑り込んだ。

案内されるままエレベーターに乗り込み、着いた階で一歩足を踏み出すなり、呆気《あっけ》にとられた。マンションというより、ほとんどホテルだ。黒御影石《くろみかげいし》を敷き詰めた広いエントランスホールは通常の三階分はあろうかと思うほど天井が高くて、頭上遥《はる》かにシャンデリアがきらめいている。ホール中央には巨大なオブジェが据えられていて、いかにも重たそうなドアの前には制服の警備員がいた。そこから改めてエレベーターに乗り二階に上がると、そこもまた天井が高く、全フロアがオーナーたちの共有スペースになっているということだった。

まず、専用Wi-Fiも設備されている広々としたラウンジには大小のテーブルがいくつも、それぞれ適度な距離をおいて配置されており、互いの会話が気にならないようになっている。随所にオブジェが飾られ、窓辺にはあらゆる雑誌を揃《そろ》えたラックがあって、専用カウンターでは飲み物や軽食も頼めるように制服姿の女性が待機していた。二階にはそのラウンジの他に、すべての調理道具が完備された大きなキッチン、カラオケも楽しめる完全防音の映写室、百科事典などが揃っている図書室、ピアノのレッスンルーム、ヨガルーム、エステルーム、大会議室、マシンの備わったトレーニングルームまでが揃っていた。このマンションで暮らす人たちは月々の共益費を支払うだけで、これらすべての空間を「我が家」として使用できる。無論、コックやエステティシャンなどは自分の裁量で外から招くのだ。だが、それほど贅沢《ぜいたく》な空間に、私たち以外の人の姿はまるで見えなかった。

「投資目的で買っている人が多いんです。大変な勢いで値上がりしていますからね」

無論、中には平日は台北で生活し、週末ごとにやってくる人たちもいる。いちばん上の階の部屋だけが、まだ買い手がついていないというので、ついでに見せてもらうことにした。

一世帯分で百坪あるという部屋だった。台湾のマンションは寝室ごとにトイレと浴室かシャワールームがついていると聞いていたが、なるほど主寝室、子ども部屋、客間と、新しいドアを開けるたびにまたドアがあり、トイレや浴室を発見した。しかも、それだけの「邸宅」ともなれば住み込み家政婦のための部屋からランドリールームまでがある。リビングダイニングに続く台所はアイランドキッチンで、食洗機もオーブンもビルトイン。床は総大理石だ。窓からは日本のゼネコンが施工《せこう》したというモダンな設計の高鐵新竹駅と、今も開発の続いている周辺の風景が遥か彼方《かなた》まで見渡せた。

「人が暮らすための空間のはずなのに、ただ転売され続けるっていうのも何となく哀れな感じがするね」

共に旅をしている人と、こっそり話し合った。

それでも、いつかは誰かが住むことになるだろう。この部屋で暮らす人は、好みの壁紙や照明を選び、豪華な調度品を調えて引越しを済ませたら、まずは有名レストランからコックを招いて下のスペースでお披露目パーティでも開くのだろうか。その後は毎日のようにヨガの先生やマッサージ師、スポーツトレーナー、家庭教師などを招いて人生を謳歌《おうか》していくのだろうかと想像した。経済力さえ許せば、文字通りお城のようなこの建物から、まったく外に出ないままでも退屈せずに暮らしていかれるということだ。巷《ちまた》では大学生の就職難が続いており、月々のアパートの家賃さえ払えない若者が少なくないとも聞いている。そのどちらも現代の台湾の顔であることは間違いがなかった。

では、古くからの新竹の街はどこにあるのかといえば、日本の場合と同じで在来線の新竹駅がある界隈《かいわい》だ。高鐵新竹駅と台湾鉄路管理局（台鐵）の運営する縦貫線の新竹駅とは、直線距離にしても七キロ以上は離れている。

台湾の鉄道史は、まず清国が統治していた時代に新竹と基隆《キールン》との間に、主に農産物の運搬用として鉄道を敷設《ふせつ》したことから始まる。日本統治時代に入ってからは多少の紆《う》余《よ》曲折を経た後に国営事業として鉄道計画が確立された。「台湾総督府鉄道」は既設線（新竹―基隆）の改良に併せて新竹から高雄までの路線工事に早々に取りかかり、その後も島の東部を通る路線などを相当なスピードで増やしていった。これは台湾各地から産出される砂糖、米、石炭、木材、肥料といった品物の貨物輸送を主な目的としたためだが、結果として、台湾の交通網の基礎が確立されたことになる。その歴史を知る人のなかには、台湾の近代化には日本の存在は欠かせなかったとして、今も深く恩義を感じている人が少なくない。事実、この時代の台湾総督府の勢いは凄《すさ》まじく、鉄道のみならず建築物、水道、電気などを急ピッチで整備していった。

だが、それらの整備事業が純粋に台湾の人々のためだったかといえば、そうとばかりは言い切れない。一八九八（明治三十一）年三月、第四代台湾総督として児玉源太郎《こだまげんたろう》が台湾に赴任したときに同行した後藤新平《ごとうしんぺい》は、肩書きこそは民政長官止まりだったが、児玉源太郎が在任中ほとんど台湾にいなかったこともあって、実質的に台湾経営の基礎を築いた人物として、今も台湾の人たちの胸に深く刻まれている日本人の一人だ。それだけ大きな功績を残した後藤新平がとった方法というのが、いわば「アメとムチ」だった。

当時「土匪《どひ》」「匪徒《ひと》」と称された抗日ゲリラに「鎮圧にあたっては、非情なまでの手段による『鉄血政策』で臨」（伊藤潔著『台湾』中公新書）む一方で、インフラ整備に力を尽くしていくことで「植民地の住民を威圧する、いわゆる『文装的武備』によって、治安秩序の回復と支配関係の確立をはかった」（同前）というのである。後藤新平はその他にも様々な分野で「アメとムチ」とを使い分けていく。

現在の新竹駅もやはり日本統治時代、一九一三（大正二）年に竣工《しゅんこう》した。直線的で男性的な存在感のある駅舎だ。今こんな駅舎が日本に残っているかどうか分からないが、ヨーロッパ調でありながら確かに「日本だった」と感じさせる。

　台湾に来るたびに思うことがある。日本は今日まで「老朽化に伴い」とか「再開発のため」などという理由で、次々に古いものを壊してきた。それが正しい経済発展だと信じてきた。だがその結果、全国どこへ行っても似たような駅前の風景が広がり、代わり映えのしない、趣もなければ面白みもない街並みばかりになってしまった。「遺《のこ》す」ということ、「使い続ける」ということを、まったく考えてこなかった。そして、たとえば台湾に来て初めて、自分たちが惜しげもなく切り捨ててきたものの価値を知るのだ。何ともったいないことをしてきたことかと。

　この新竹駅のすぐ前には清の時代に築かれた迎曦門《げいぎもん》という城楼がそびえている。「曦」とは「きらきらと光る美しい太陽のひかり」（『漢字源』学研）の意だというが、迎曦門とは文字通り、昇る陽の光を受ける東の門だった。新竹も日本統治以前は、やはり周囲を城壁に囲まれた都市であったことを示す名残ということになる。他の城門はすべて取り壊されて迎曦門だけが残った。その周辺を歩いていたら、城楼のすぐ横に丸い石を積んで護岸され、岸辺には大きな木が育っている濠《ほり》があった。城壁を取り除いた跡を、そっくり濠にしたものらしい。その景色を見た瞬間に、ああ、これは日本人が造ったのに違いないと感じた。

まるで天然の小川のように、その岸辺は直線的でなく、緩やかで優しい曲線を描いて造られている。周囲には南国を感じさせるようなものではなく、むしろ季節によって紅葉するような木々が植えられていて、その葉のそよぎと木漏れ日が心地良かった。水は澄んでいて、魚が泳いでいるのもよく見える。周囲の雑音がすべてかき消えるようだった。

視界の片隅には迎曦門が見えていて、そこが間違いなく異郷であることを告げている。それでも水辺の風景は、京都か金沢辺りを思い出させる、静かで穏やかなものだった。かつて、この街で暮らした日本人が故郷を想《おも》いつつ、一つ一つ石を積んで、これだけの風景を造ったのだろうと思った。彼らは、この風景にどれほど慰められたことだろう。終戦後の混乱期は、かなり無秩序に荒らされたという話も聞いたが、今こうして蘇《よみがえ》っている風景に、やはり往時を思わずにいられなかった。

迎曦門の周囲は現在、ロータリーになっている。ここから延びる道を少し行くと、右手に新竹市政府が見えてくる。この建物もやはり日本統治時代に新竹州庁舎として建てられたものだ。周辺には警察や消防署なども集まっていて、その辺りが日本統治時代から新竹の中心部であったことが分かる。そして、市政府の正面から延びる道は、現在は中山路《チョンシャンルウ》と呼ばれているが、新竹の人々の暮らしの中心になっているようだ。しばらく行くと「新竹都城隍廟《じょうこうびょう》」にたどり着く。

城隍廟とは城隍神という、その街を守る神を祀《まつ》った廟のことだというから、日本でいうなら氏神さまといった感じだろうか。中でも新竹都城隍廟は、周辺にびっしりと屋台街が広がっているので有名なのだそうだ。確かに、道の外から眺めると屋台だか露店だか分からない建物の隙間《すきま》に「城隍廟」のアーチがかかっている。参道といっていいのか露店の隙間といっていいのか分からない。入口に建つ店先に、山ほどの新竹米粉が積み上げられていた。

「あ、本当に新竹米粉があるんですね！」

新竹は「風城《フォンチェン》」とも呼ばれており、ことに冬場の季節風が強いことで有名だという。そして米粉の製造には、この風の強さが重要なのだそうだ。それで新竹は、米粉の名産地になった。私の中の新竹のイメージが、初めて想い出とつながった。

「ここに来たら、やっぱり是非とも米粉ね、それから肉圓《バーワン》、あと貢丸湯《ゴンワンタン》、これを食べなければ来た意味がないくらいですよ」

陳さんと共に案内してくれる人が言った。なるほど、それなら是非とも試してみたいところだが、その前に、私にはもう一つどうしても行ってみたいところがあった。

日本統治時代には、台湾各地に神社が造られた。その数は公的なもので六十六、非公認のものが二百以上はあったという。新竹にも無論、新竹神社があったということだが、その神社の境内に、北白川宮能久《きたしらかわのみやよしひさ》親王妃富子《とみこ》お手植えの黒松があって、今も残っているという話を聞いたのだ。

北白川宮能久親王といえば近衛《このえ》師団長として台湾に出征し、一八九五（明治二十八）年にマラリアで薨去《こうきょ》した皇族だが、そのとき親王妃富子は三十三歳だった。若くして未亡人となった親王妃はそれから四半世紀以上が過ぎた一九二六（大正十五）年に台湾を訪れ、能久親王が主神として祀られている台湾神社に参拝したという。おそらくそのときに新竹にも立ち寄って、黒松の木を植えたのではないだろうか。だとすると、その松はもう樹齢八十八年ということになる。私が聞いた話では、新竹神社はとうになくなっているが、黒松は伐《き》られずに残り、しかも最近になって病気で枯れかけてしまったものを関係者たちが懸命に治療して、今も元気に植わっているというのだ。

神社は消えた。日本の植民地でもなくなった。それでも黒松の木は残っているという、その話が印象に残っていた。それで、どうしても見てみたいと思ったのだ。

「新竹神社って、どこにあったんだろう」

「誰に聞いたら分かるだろうか」

その日、古い新竹を案内してくれていたのは、新竹生まれ新竹育ちの人たちだった。それでも場所が分からないらしい。陳さんも一緒になって、まずは旧新竹神社探しが始まった。

在来線（台湾鉄路管理局運営）新竹駅。存在感ある駅舎は、日本統治時代に竣工した（上）。清の時代に築かれた迎曦門（下）。

「お手植えの黒松」が見てきた歳月

車は坂道を上ったり下ったりしながら、似たような景色の場所をぐるぐると走り回っていた。ハンドルを握るのは地元・新竹で生まれ育ったという林忠和《りんちゅうわ》さん。叔父にあたる林憬寛《りんしょうかん》さんも一緒だ。車にはカーナビだってついている。それなのに、いくら走っても目的の場所に着けない。そうこうするうち坂道のてっぺん辺りまで来たところで、鬱蒼《うっそう》とした木々の繁《しげ》みの下に方形の石柱の列が見えた。手前にバラ線が巡らされ、石柱につけ足すように鉄柵《てっさく》が設けられているが、日本人ならすぐに分かる、間違いなく神社の玉垣だ。

「今のところじゃあ？」

林さんたちは日本語を話さない。私が未練がましく後ろを振りかえっている間に、車はまたも坂道を下り始めてしまった。その後、林憬寛さんが車を降りて道を尋ねに行き、そうしてやっとたどり着いたのは、やはりさっきの玉垣の前。いくら地元にいても、ごく普通の生活を送っている人にはそれほど無縁な場所だということだ。そこは確かに、かつて日本統治時代は新竹神社だった。現在は中華民国政府の「内政部入出国及移民署収容事務大隊新竹収容所」、つまり台湾に不法入国した外国人たちの収容施設となっている。

一八九五（明治二十八）年、日本統治下に置かれたばかりの台湾に近衛師団長として出征し、そのまま薨去《こうきょ》した北白川宮能久親王の妃殿下、富子が一九二六（大正十五）年に台湾を訪ねた折、この新竹神社に立ち寄って一本の黒松の木を植えたという。その「お手植えの黒松」が実は近年、病気になって枯れかけたのだそうだ。施設の職員たちが手当てした結果、黒松は見事に蘇《よみがえ》った。偶然その話を知って、是非ともその黒松を眺めてみたいと思った。

だが、探しに探してやっと現地に着いてみれば、当然のことながら狛犬《こまいぬ》も鳥居も取り払われた石段の先には、いかにも厳《いか》めしい感じの鉄の扉が立ちふさがり、門前には制服姿の職員が立っている。とてもではないが「ちょっと松の木を見せてくださいな」などと言える雰囲気ではなかった。こうなったら、せめて雰囲気だけでも記憶に刻みたいと思って、玉垣の隙間《すきま》から向こうをのぞき見ようとしていたら、林憬寛さんが愛想よく門番に歩み寄っていき、何やら話し始めた。そして数分後、私たちはとりあえず門の中にある事務室に通されることになった。

事務室で待つこと二十分あまり。収容所の分隊長・蕭宏祺《しょうこうき》氏が現れた。試すような厳しい表情をしている。それが、林憬寛さんや私たちの案内役である陳旭慶さんの説明で、自分たちの手で蘇らせた黒松の話が日本にも伝わっていると分かるや、見事に表情が和らいだ。

「その黒松の木は、ずっと奥の方にあるそうです」

蕭分隊長が直接、案内してくれるという。予想外の展開に喜び勇んで事務所の外に出た途端、ちょっと太り気味のシェットランドシープドッグが尻尾《しっぽ》を振りながら駆け寄ってきた。私たちにも警戒心を見せない上に手入れもよく、一見して皆に可愛《かわい》がられながら自由気ままに暮らしていることが分かる。笑顔で犬を撫《な》でている蕭分隊長を見て、こういう人物だからこそ黒松を生きかえらせようと思ってくれたのだろうと合点がいった。

「収容所」と聞くと、いかにも無味乾燥な場所という印象を持つが、広々とした敷地内は、まさしく緑したたる神社の境内そのものの空間だった。手水舎《ちょうずや》などは既になく石の土台だけになっているし、以前は誰の銅像が立っていたものか、中庭に据えられた台座には、今は蔣介石《しょうかいせき》像が立つ。それでも全体にはほとんど余計な手を加えておらず、古い建物が可能な限りそのまま工夫して使われていた。たとえば神楽《かぐら》殿は内外ともに塗装され、建具を取り外して床を張り替え、「行政中心」になっているという具合だ。敷地の片隅には既に朽ちて今にも崩れ落ちそうになっている建物があったが、それらは鉄柱と屋根で囲まれて保護されていた。

「昔の資料には、ここは『絵馬殿』だったと書かれていますが、『絵馬殿』とは何ですか」

　蕭分隊長に尋ねられて、ノートに絵馬の絵を描きながら陳さんを介して説明した。蕭分隊長は熱心に私の話を聞いた後で、今、これらの建築物の保存に向けて、新竹市にも働きかけをしているのだと語った。

「これだけ歴史のあるものですから」

　毎度のことながら、こういうときだ。何とも切ないような申し訳ない気持ちになる。ああ、とため息が出る。

　この島はかつて日本だった。その片鱗《へんりん》を至る所に、また人の心に、今もこうして数え切れないほど遺《のこ》しておきながら、戦後生まれの私たちは、そのことをまったく教えられないまま、知らずにきてしまった。

一方、戦後生まれの台湾人たちも、実はかなり最近まで自分たちの暮らす島の歴史を学んではこなかったという。歴史の授業といったら、ひたすら中国大陸のことばかり教わって、日本統治時代はまったくの空白にされた。日本統治時代には「国語」とされていた日本語の使用が禁止されたのは無論のこと、人々が日常的に使ってきた閩《ミン》南《ナン》語さえ、公《おおやけ》の場では禁じられた時代があったという。日本が去った後の台湾の「国語」は、蔣介石率いる国民党軍によって北京語と定められた。だから、ある世代以降の台湾人は、日本の植民地だった時代に教育を受けた祖父母の話す日本語はおろか、両親の話す閩南語すら理解できない場合が少なくない。当時の社会情勢もあって、親たちもまた自分たちが使っている閩南語を話せとは言わなかったからだという。

「今頃になって後悔しています。ちゃんと身につけておけばよかったって。もうこれで、両親や祖父母の本当の経験や、その頃に思っていたことが聞けなくなってしまいましたから」

　知り合いの台湾人青年は、ため息交じりに言ったことがある。一つの家族でありながら世代間で言葉が通じないという現実が、この島には存在する。言葉を奪われるということの残酷さを、つくづく感じさせられる。

かつて新竹神社の本殿があった所には、今は不法入国者たちを収容する建物が建っている。もうすぐ運動の時間が迫っているとかで、彼らに会わせるわけにはいかないから急いで欲しいと先を促されながら、私たちは小さな運動場のような場所を抜けて奥へと進んだ。そして、黒松を見た。

これが。

既に九十年近くも生き続けてきた黒松の大木は、根元近くから大きく傾いていた。それを支えるために三本の丸太が使われているが、よく見れば間違いなく日本統治時代の電柱だ。一時期は枯れかけていたという大樹は、今は勢いを盛り返し、四方八方へと思い切り枝を広げていた。相当、遠くまで離れないと全体の姿が分からないくらいに大きな老松《おいまつ》の傍に立って、蕭分隊長は、いかにも嬉《うれ》しそうだった。

「みんなで一生懸命、世話をしたんだそうだ。そのことを日本の皆さんにも知ってもらえたら本当に嬉しいそうですよ」

陳さんが通訳してくれる話を聞きながら、またしても胸がざわめいた。

黒松の木一本に対しても慈《いつく》しむ心を持っている人たち。その気持ちが胸に沁《し》みるのと同時に、一方で、まったく別の意味で切なさがこみ上げるのだ。「お手植え」かどうかという問題ではない。一本の雄松として見た場合に、まったく何とダイナミックなというか、野放図なままで育ってきてしまったことかと思わずにいられなかったからだ。もしも、多少なりとも植木の手入れの心得を持つ日本人が見たら、驚き慌《あわ》ててはしごをかけ、枝を剪定《せんてい》し、ここまで生き続けた黒松をさらに健やかに、姿よく生き続けられるよう、まさしく絵のような黒松に仕上げるだろうにと思わずにいられなかった。さっきの崩れかけている絵馬殿を見ても感じたことだ。いや、台湾を旅していると、至る所で同じ思いを抱く。

台湾人がどれほど日本統治時代のものを保存し、残そうと努力してくれても、彼らには宮大工の技術が伝わっているわけでもなければ、日本式に植木の手入れをする感覚もない。日本人の持つ、自然や建築物に対する独特の感性や技術は、そう簡単には伝承できないのだろう。ならば、せめて日本から専門家や技術者が出向いていって、たとえばこの黒松の枝振りを整えてやるとか、もしも希望者がいれば技術指導するなどということは出来ないものだろうかと、いつも思う。

無論、日本人だって好きで島を離れたわけではない。敗戦と共に、この地で築き上げたものを何もかも置いて、文字通り身一つで日本に引き揚げなければならなかった。それから長い間、自由な往《い》き来《き》すらままならない時代があった。台湾に遺してきた「日本」が、その後どのような扱いを受け、処理されたかも分からないまま年月が過ぎた。すべてはやむを得ないことだった。台湾の人たちにしても時代の波に大きく翻《ほん》弄《ろう》されていた。それでも日本を忘れていなかった。多くのものが壊された一方で、遺されたものを、こうして守り続けてきたのだ。

時代はまたも変わっている。今だからこそ出来ることがあるはずだ。たとえ不本意だったにせよ、結果として丸投げした格好で、しかも次の世代に言い伝えることとさえないまま忘れ去ってきたものを、改めて確かめる必要があるのではないか。ビジネスとしてなら日本の企業は実に数多く台湾に進出しているし、非常に密接に結びついている。ならば、こういう部分にも目を向けてもらえないものだろうか。

「この新竹神社から日本統治時代の新竹州庁、今の新竹市政府までは、ほぼ一直線になってるんですよ。一本道だ。その途中には城隍廟《じょうこうびょう》もあるし、その道を中心にして街が開けていくように造ったんだそうです」

黒松に別れを告げ、蕭分隊長と犬に見送られて、再び最初の石段の上まで戻ったとき、私はかつて鳥居越しに眺められたはずの新竹の街並みを思い描いてみた。日本人がインフラを整備し、諸官庁などの建物を整えた道には、時として提灯《ちょうちん》が並び、参拝者の列が出来たことだろう。それらの流れと交差するように、台湾の人たちは古くからの、街の守護神を祀った城隍廟に詣《もう》でて、自分たちの日々を紡《つむ》いでいた。自転車の物売りが往き来し、人力車が人を運んだ。連なる甍《いらか》の隙間からは煮炊《にた》きする煙が上がり、様々な生活の匂《にお》いが広がっていたはずだ。確かに、摩擦も反発もあったに違いない。だが、その一方では異界のもの同士が触れ合うことで生まれる独特の熱気のようなものも感じられはしなかったろうか。

台湾のお寺はどこも賑《にぎ》やかだが、新竹の城隍廟はことに印象深い場所だと思う。建て増しを繰り返したような複雑な造りで、次から次へと異なるエリアにたどり着き、実に様々な神さまが登場する。その年の干支《えと》にちなんだ寄進物が山のように飾られているかと思うと、そんな道教のお寺のすぐ隣に仏教寺院もぴたりとくっついていて、こちらにも金ピカだったり人間くさかったりする仏さまたちがたくさん。厚い煉瓦《れんが》の壁を隔てて、信徒たちがもうもうたる線香の煙の中で頭を垂れていたかと思えば、映画などで見るのと同じ姿の道士が願い事をする人に寄り添って、静かに経文のようなものを読んでいたりもする。お札《さつ》に見立てた紙を何十、何百枚と燃やしては、大勢の神さまを順番に、それは熱心に拝んでまわる老若男女。まさしく「神仏さまのデパート」といった印象だ。

そこまでなら、もしかすると取り立てて珍しくはないのかも知れない。新竹都城隍廟の大きな特徴は、何と言っても門前に密集する屋台風飲食店だろう。昔は本当の屋台だったのだろうが、今ではしっかりした一つの建物の中で軒を連ねる格好になっているお蔭《かげ》で、参拝客は「新竹都城隍廟」というアーチをくぐったら、あとは屋台の隙間を縫うようにして廟に詣でることになる。だから、城隍廟そのものが実はどんな外観を持つのか、まったく分からない。

とにかく新竹に行ったら米粉《ビーフン》と肉圓《バーワン》を食べるのが台湾人の「お約束」だと聞いた。そこで私たちも城隍廟を一巡した後で屋台の一つに立ち寄ることにした。線香の匂いと食べ物の匂いが混ざり合っている。ひしめき合う小さな店はどれも基本的に「屋台」だから、すべて持ち帰りオーケーだし、そこで食べるために置かれた椅子《いす》やテーブルも簡素なら、食器も紙皿だったり薄手のプラスチックだったりする。

新竹名物の米粉は焼き米粉も汁米粉も、太めの麺や幅広麺が交ざっているものもある。もう一つの名物、肉圓は肉団子風のあんを芋や糯米《もちごめ》などの粉を練った皮でくるんで蒸したもの。半透明風モッチモチ食感の皮を破くと、「これぞ台湾！」という香りに満ちあふれた肉汁がしみ出してくる。表面に食紅で印が入っているものを、先が二《ふた》股《また》に分かれた竹製のフォークのようなもので食べる。

「これを食べないと新竹に来た意味がないよ」

陳さんが笑う。この肉圓には独特の香りがある。五香粉か八角のみか、醤油《しょうゆ》か油か、はたまたあんに混ぜ込んだ筍《たけのこ》か、あるいはその全部か、とにかく日本ではまず出会わない、だが台湾では市場や食堂で日常的に出会う香りの典型的なものだ。この香りの正体が知りたくて、行くたびに何度となく人に聞いて回っているが、台湾の人にとってはあまりにも当たり前になっているらしく、いくら私が「ほら、この匂い！」と鼻をくんくんさせても、いつも首を傾《かし》げられてしまう。

台湾で強烈な匂いを持つ食べ物の筆頭といえば「臭豆腐《チョウトウフー》」だが、肉圓の香りも日本人には好き嫌いが分かれるところかも知れない。そんな香りが苦手な人でも美味《おい》しくいただける料理が貢丸湯《ゴンワンタン》。キュッキュッとした独特の食感を持つ肉団子入りスープで、実にあっさりしている。他にも小粒の牡蠣《かき》を溶き卵と米粉汁で焼いた牡蠣オムレツ、魚のつみれ汁風スープ、モツの煮込み、揚げ物など、屋台の店先にはあらゆる料理が所狭しと並んでいる。時間をかけてゆっくり丁寧に城隍廟に詣で、その後は屋台で新竹名物の料理を食べ、土産に肉圓と米粉でも買って帰る。そんな一日を過ごす人が多いのだろうか。

ところで台湾高速鉄道（高鐵《こうてつ》）の新竹駅の壁には、竹をデザインしたガラス製のオブジェが飾られている。実は新竹は「台湾のシリコンバレー」と呼ばれる前からガラス工業が盛んだったのだそうだ。せっかくだからとガラス工場も見学し、ついでにガラスアートが展示されている新竹市立玻璃《はり》工芸博物館にも寄ってみた。工芸館近くの池の畔《ほとり》を歩きながら、一日中つきあってくださった林憬寛さんに、最後に「知っている日本語はありますか」と尋ねてみた。

「ばっかやろう！」

　にこにこと笑いながら林憬寛さんが応《こた》えた。日本統治時代の台湾で、何より恐れられていたのは警察官だ。そして、彼らの決まり文句が、この「馬鹿《ばか》野郎」だった。そのことを、おそらく林憬寛さんも親の代から聞いているのだろう。

　日本語といえば、まず「馬鹿野郎」が思い浮かぶ、そんな人が日本人旅行者のために車を走らせ、神社の跡地を探したり、黒松が見られるように交渉してくれる。笑って一緒に屋台の食卓を囲む。それも、台湾の顔の一つだった。

新竹神社に「お手植え」された黒松の現在（上）。
新竹の城隍廟は「神仏さまのデパート」（中）。
新竹といえば米粉と肉圓。肉圓を竹製のフォークで刺すと台湾独特の香りと肉汁があふれる（下）。

宋《そう》文《ぶん》薫《くん》先生夫妻

アフリカマイマイというカタツムリがいる。大きくなると殻が二十センチくらいまで育つと言われ、雑食性の上に非常に強い繁殖力があり、しかも寄生虫の中間宿主《しゅくしゅ》になっているために、日本では有害動物に指定されている。珍しがって下手に触ったり、マイマイが這《は》った跡に触れるだけでも感染するおそれがあり、その結果、髄膜脳炎を発症して最悪の場合は死に至る恐れさえあるという、実に厄介な生き物だ。そのアフリカマイマイを台北で時折見かける。

「あれは昭和十年頃に日本人が持ち込んだんです。最初は食用カタツムリと言われて、非常に高価なもので、あちこちで飼われて」

教えて下さったのは、宋文薫《そうぶんくん》先生。ご自宅をお訪ねした際に近くで見かけたとお話ししたら教えて下さった。台湾考古学界の草分けとして多大な功績を残してこられた宋文薫先生は、現在は国立台湾大学の名誉教授である。

「当時は各家庭が内職で飼育したりもしていたようです」

つまりは日本が植民地として統治していた頃の遺産の一つということになる。日本が台湾に遺したものは実に多岐にわたる。有害動物しかり、現在の台湾に通ずるインフラ整備しかり。そして、忘れてならないのが教育の充実だった。

日本が台湾総督府を置いた三年後の一八九八（明治三十一）年から第四代総督・児玉源太郎に乞《こ》われて八年八カ月あまり民政局長（後に民政長官）を務めた後藤新平は、植民地経営の道筋をつけた存在として台湾史に欠かせない人物だろう。彼は「『教育は諸刃《もろは》の剣』との考えから、台湾人に必要以上の教育をほどこすことには消極的であった」（伊藤潔著『台湾』中公新書）。ところが後藤が打ち出した方針によって台湾の産業は発展し、皮肉なことに人材確保の必要性が生まれてくる。さらに第八代総督・田《でん》健治《けんじ》郎《ろう》（在任期間一九一九～一九二三）から始まる「文官総督の就任と同化政策の推進」（同前）に伴って、台湾の教育機関は整備と増設が進み、「本土と台湾の教育制度の一元化も進められた」（同前）ために「一九四四年の児童の就学率は、九二・五％という驚くべき高さ」（同前）にまで達した。可能性を求めて、日本本土の学校に進む子弟も多かった。

「私はいわゆる一般の台湾人の家庭の子どもとはちょっと違っていたんです。幼稚園からもう、日本人の子どもたちが通う幼稚園、小学校に行っていましたから」

宋文薫先生は一九二四（大正十三）年生まれ。当時、父上が台湾総督府に勤めておられた関係もあって、家族全員が日本語を話せると認定された、いわゆる「国語の家」だった。彼も日本へ留学する。

「太平洋戦争が始まった翌年です。ですが、間もなく勤労動員で、大森にあった日本特殊鋼に行くことになりました。そこで、はじめから終わりまで見ました。空襲に遭ってね、東京が木《こ》っ端《ぱ》微《み》塵《じん》になっちゃう様を」

留学先である明治大学の予科で親しくなった友人が、たまたま羽田に住んでいた。彼は肺を病んでおり、学校もじきにやめてしまって勤労動員にも加われなかったことから、宋文薫青年は仕事帰りなどに、大森からそう遠くない友人の家を見舞いに訪ねるようになったのだそうだ。そこで、友人の妹だった綾子《あやこ》さんと出《で》逢《あ》う。

「最初は、兄のお客様だとしか思わなかったですよ」

綾子さんは、宋文薫先生とは四歳違いの一九二八（昭和三）年生まれ。病弱な兄に代わって買い出しに走り、やはり女学校から勤労動員に駆り出されていた。やがて綾子さん一家が暮らしていた一帯は建物疎《そ》開《かい》に遭い、家族は羽田から横浜の鶴見《つるみ》に移転することになる。お二人はそれぞれに、東京湾上空からB29が飛んでくる様子を鮮やかに記憶している。そして敗戦。植民地でなくなった台湾から数多くの日本人が着の身着のままで引き揚げてくるのと入れ違いのように、宋文薫青年は台湾へ戻ることを決意する。

「終戦の翌年、春かな。広島の宇品《うじな》から『リバティ号』という貨物船に乗りました。もうこれで船がないと言われて、脅かされて帰ってきたようなものなんです」

　青年の帰郷への決心を鈍らせていたのが、病の床にあった親友への思いと、その妹、綾子さんだった。二十二歳と十八歳になっていた二人は、一体どれほどの思いで互いを見送ったのか。当時はおそらく同じような別れがたくさんあっただろうと思う。日本人も台湾人も、誰もが時代の波に翻弄《ほんろう》されていた。

　離ればなれになった二人は互いに手紙を書き始める。

「定期船なんかない時代でしたからね。何日くらいで便りが着くかも、ちゃんと届いているのかも分からないの」

　綾子さんは現在の郵便ハガキよりもずっと小さなハガキに小さな文字を書き連ねて、返事が来るのも待たずに日々、便りを送り続けた。ところが当初、綾子さんのもとには待てど暮らせど宋文薫青年からの便りは届かなかったという。

「変だなあと思って鶴見の家の周りで色々と聞いてみたら、それほど近所じゃないけれど、同じ名字のお寺があるって分かったんです。それで、配達の人が間違えて、お寺さんに手紙を届けちゃったんじゃないかと思ったの。私は、手紙が目立つように文面も工夫して、もしもそちらに届いていたら、こちらに回していただけませんかって、家までの地図を書いてお寺に送ったんです。そうしたらある日、お坊さんがたくさんの手紙を持って、急いでやってきてくれて」

その頃、長く病床にあった兄は離日前の宋文薫青年の進言もあって、東京の外れで入院生活を送っていた。綾子さんは母親と交替で病院に泊まり込み、看病を続けていたが、その甲斐《かい》なく、ついに兄は帰らぬ人となる。当時の特効薬だったストレプトマイシンも、まだ手に入らない時代だった。日本中が長い戦の果ての疲労と困窮に喘《あえ》いでいたとき、追い打ちをかけるように大切な家族を喪《うしな》った少女にとって、届いた手紙の束はどれほどの救いになったことか。

「とにかく、どんなに時間がかかっても手紙が着くって分かったから。それが分からなかったらダメだったでしょうね」

メールやＳＮＳなどないのはもちろんのこと、電話も電報も通じない中で、綾子さんにとって宋文薫青年からの手紙は、ただ一筋の光にも、命綱にも思えたに違いない。

「その後は津田塾に行ったんです。英語は嫌いじゃなかったから。だけど本当は国文の方が好きで、国文科の先生にすがって何とか一年は我慢したようなものでした。そして、結局やめちゃった。父にも負担をかけたくなくて」

一方、台湾に戻った宋文薫青年は、まず「国語」そのものが日本語から北京語に変わってしまっていることに戸惑い、大急ぎで語学を学ぶことから始めなければならなかった。そして台湾大学に入り直す。日本統治時代の一九二八（昭和三）年、台北帝国大学として設立された最高学府は、終戦の年に中華民国政府に接収され、国立台湾大学と名称を変えていたが、当時はまだ日本人の教授が何人か慰留されていた。

「最初は古代史をやろうと思っていたんです。ところが、ギリシャ・ローマをやろうにも、台湾には根本資料がないことが分かった。これじゃあどうしようもないと思っていたら、残っていた国分《こくぶ》直一《なおいち》という日本人教授が台湾考古学だった。当時は台湾に考古学があるなんて夢にも思っていなかったんです。それで興味を持ちました」

考古学を選んだことは、日本にいる綾子さんを喜ばせた。もともと夢見がちだった少女は、恋しい人が珍しい分野に興味を持ったことがとても嬉《うれ》しかったという。また、考古学という学問に夢がありそうだとも感じたそうだ。

「七夕のね、七月七日の夜七時に、同じように空を見上げて同じ星を見つめようねって約束したんです」

　思い出したように綾子夫人が口を開いた。すると宋文薫先生は「この人は、そのことを怒ってねえ」と笑う。

「何年たっても。僕が約束を忘れていたって」

「私は約束を守って、ずっと長い時間、空を見上げていたのに、その日は音楽会に行っていたんですって」

　夢見る以外、娯楽も何もない焼け野原に残された娘と、新しい世界に飛び込み、夢中で日々を過ごしていた青年との間には、そんなちょっとした食い違いも生まれた。それでも、もどかしい手紙のやり取りだけでは喧嘩《けんか》のしようすらなかったのだろう。

　綾子さんが台湾に渡る決心を固めたのはいつ頃のことだったろうか。おそらくかなり早い時期に、心密《こころひそ》かに誓ったのではないだろうかと想像する。そうして二十歳を少し過ぎた頃、彼女はついに、その思いを実行に移す。

「主人の周りの人たちが色々と動いて下さって。どうにかして台湾に行かれるように」

　国交もなく、容易に渡航することさえままならなかった時代だ。そのため綾子さんは、まず日本国籍を捨てて台湾の籍を取得することにした。ただひたすら、宋文薫青年のもとに行きたい一心で。再会を果たす前に。ためらいもなく。

「不安？　心配？　そんなことまるっきり、考えもしないですよ。余計なことは何一つ考えないの。ただ、この人のところに行くんだっていうだけ」

旅立つ日、羽田空港で飛行機のタラップを上がり切ったとき、綾子さんはくるりと振り返り、「さようなら！」と大きな声で挨拶《あいさつ》した。もしかしたらもう二度と戻れないかも知れない日本。再び会うことさえかなわないかも知れない家族や友人。いくら恋しい人のもとへ飛んでいく期待で胸が一杯だったとしても、そのときばかりはこみ上げるものがあったに違いない。かつて一つの国だった日本と台湾とは、それほどまでに遠く隔たってしまっていた。

飛行機は那覇《なは》を経由して台北の松山《ションサン》空港に、まだ明るい午後に到着した。ところが、慣れない乗り物に耳が痛くなったまま、いくら辺りを見回してみても、迎えに来るとばかり思っていた恋しい人の姿が見あたらない。辺りに荷物を置きっ放しにして呆然《ぼうぜん》としていた綾子さんは、まず叱《しか》られた。

「『ここは日本とは違うのよ』って。私を日本から連れてきてくれた人の奥さんなんですけど、初めて会った人にいきなり『不用心だ』って叱られて、私、泣いちゃって。

私もともと、とっても泣き虫だったんです」

日本ではなくなった当時の台湾は、治安が大きく乱れているときでもあった。実はその日は大学の試験と重なったために、宋文薫青年は迎えに行こうにも行かれなかったのだそうだ。右も左も分からない綾子さんは、どれほど不安だったことか。そのまま見知らぬ人の家に連れていかれ、そこで着付けをしてもらってから、ようやく二人は再会を果たすことになった。

「何しろ僕は、この人のもんぺ姿しか見たことがなかったんだから。戦時中から日本を離れるまで。それで次に会ったら、もう花嫁の姿です」

およそ三年の月日を隔てての再会が結婚式。綾子さんの決心と行動力にも驚嘆するが、まだ学生だった宋文薫青年にしても、親友の妹だった、しかも日本人女性の人生を丸ごと引き受けるには、よほどの覚悟が必要だったに違いない。

「家に入るときには、車からすぐに降りないでもう一度回ってとか、そんなしきたりがあったのは覚えています。それから車を降りて、私のすぐ傍でものすごく爆竹を鳴らす人がいたっていうんだけれど、私には何も聞こえていないの。後で主人のお母さんが、その人を叱ったっていうんだけど」

文字通り一日千秋の思いで待ち焦《こ》がれ、夢見た日の、それが綾子さんの思い出だ。

花嫁は緊張の極致にいて爆竹の音さえ聞こえていなかった。

客家《ハッカ》の宋文薫先生は大家族だった。両親や弟妹、子どもの頃から一緒にいたねえやなども含めて、多いときには十人ほどの家族が暮らす家で、綾子さんはまず厨《くりや》仕事から覚えていく。中華料理ならではの、鍋《なべ》を熱して強火でジャッと勢いよく炒《いた》める料理法。ショウガ、ニンニクを刻んで風味を出す味付け。醤油《しょうゆ》の味も日本とは違う。それが、綾子さんにはまったく苦ではなかったのが、台湾に根づくことが出来た大きな要因の一つだろうと思う。

既に植民地でなくなっていた当時、当然のことながら日本人を見かけることはほとんどなかったが、たまに知り合っても「味噌汁《みそしる》が恋しい」などの理由で帰ってしまう人ばかりだったという。それなのに綾子さんは驚くほど柔軟に、素直に台湾での暮らしに溶け込んでいった。ただ、高温多湿の気候に慣れるまで、一年か二年は全身の汗《あせ》疹《も》に悩まされた。

やがて三人の子どもにも恵まれた。お姑《しゅうとめ》さんにも可愛《かわい》がってもらった。宋文薫先生は考古学研究に打ち込み、台湾各地の発掘調査に行く際には、綾子夫人が必ず同行して記録を取ったり写真を撮る手伝いをした。

「初めて日本に帰ったのは結婚して十年目です。本当はそれまでも帰りたくて帰りたくて。子どもたちを連れてひょっこり帰ってね、みんなをビックリさせたいなんて想像することも多かったんです。でもある日、どうしても帰りたくて泣いたら、主人が『それを言われると一番困る』って。それで私、それっきり泣くのをやめたんです。泣き虫だったのに」

宋文薫先生が一九五八年から二年間ハーバード大学に行くことになったのを機に、ようやく里帰りの夢がかなった。ちょうどオリンピック開催が決定して、生まれ故郷の羽田界隈《かいわい》をはじめ、東京が大きく変わろうとしていた時代と重なる。

「小型のタクシーをずい分見かけるようになって、便利になったなあと思っていたら、二年後に台湾に戻って同じタクシーが走ってるのに、またびっくりしちゃって」

宋文薫先生の帰国に合わせて、綾子さんも山ほどのお土産を持って台湾へ戻った。ところがそれから間もなく、隣の家から火事が出て、彼らの自宅までもらい火で全焼する。日本から持ち帰った荷物の中には、まだ梱包《こんぽう》を解いていないものもあったという。そればかりか結婚後十数年かけて築き上げた想《おも》い出《で》の数々も、古い写真や互いに交わし合った手紙の束も、結婚のお祝いに様々な人たちからもらった貴重な品や本や絵画なども、何もかも焼けてしまった。

「形のあるものは必ずなくなりますから」

先人が遺《のこ》した微《かす》かな証《あかし》をたどり続けてきた考古学者は今、穏やかに呟《つぶや》く。火事の後、水害にも遭った。他にも様々なことがあったに違いない。だが、戦中から戦後の混乱期も、とにかく二人は互いの一途《いちず》な思いを貫き通し、今日までの年月を共に乗り越えてきた。出逢って七十年以上になる。

「好きだから」

宋文薫先生は言われた。

「だから何もかも続けてこられたんです。この人のことも、学問も。そして、師匠に恵まれ、友に恵まれ、教え子に恵まれたから」

今もひたすら夫を見つめ寄り添う綾子さんは、少女のままにはにかんだ微笑《ほほえ》みを浮かべていた。

宋文薫先生は本書刊行後の二〇一六年四月二十八日に逝去されました。謹んでご冥福をお祈りいたします。

七十年以上の激動の歳月を共に歩いてきた宋文薫先生と妻の綾子さん。

淡《タン》水《スイ》の夕暮れ

台湾にいると、実に様々なタイプの外見を持った人を見かける。「雲をつくような」という表現がぴったりの大柄な人がいるかと思えば、小柄な人は中学生くらいだろうかと思うほど幼げで華奢《きゃしゃ》だ。背格好だけでなく顔かたちも、髪や肌の色は日本人と同じでも、いわゆるポリネシア系に見える人から鼻筋がすっと通っていて彫りの深い人まで、日本人よりもずっとバラエティ豊かに感じる。

「それが台湾の一つの特徴でしょう。同じ漢民族とは言っても、外省人でない限りは自分たちも本当のところは分からないくらい、実際は色々な民族の血が混ざっているはずですから」

知り合って日の浅い人が言った。淡水でのことだ。

台北市の北西に位置し、台北市内も流れている淡水河の河口に開けた街は、かつては天然の良港として栄えた。日本統治時代は台湾八景の一つにも数えられ、今も、ことに夕陽が美しいことで知られている。台北市内からＭＲＴ（台北捷運《ジェユイン》）淡水線に乗れば三、四十分で行ける手軽さもあって、高級マンションや別荘などが建ち並ぶ一方、淡水河沿いには「金色水岸」という美しい名を持つサイクリングロードが整備され、また格好のデートコースにもなっている。実際、河沿いの遊歩道を歩いてみれば、たくさんの若いカップルや、揃《そろ》いのジャージー姿の遠足か修学旅行らしい子どもたちを大勢見かけて、若者に人気のスポットだということがよく分かる。

港が寂れた理由は、川底に砂が堆積《たいせき》したために大型船が入れなくなったからだという。そのせいもあるだろうか、川面《かわも》は次第に傾いていく陽の下でさざ波も立たず、とろけるように柔らかく見えた。淡水駅の傍から始まっている小さな店の連なりは、対岸とを結ぶ定期船の船着き場を通り越してもなお続いていて、中にはお洒落《しゃれ》なカフェなども増えているようだ。愛犬を連れて散歩する老夫婦がいる。

「『台湾人は三十六面体だ』と聞いたことがありますか」

川風に吹かれながら、私は首を横に振った。知人は、つまりそれくらいに複雑なんです、と言った。

「外見だけじゃなく、内側も。だからたとえ学校や職場の友人に対してだって、油断できない」

「友だちに、ですか？」

「タブーがあります。たとえばお互いの家庭の話はしない。『おまえの親は本省人か、外省人か』とか、聞けないです」

ああ、そういうことかと思った。

「外省人」とは第二次世界大戦後に中国大陸から台湾に移住してきた人たちのことを指す表現で、現在は台湾の全人口のおよそ一四パーセントを占めている。蒋介石と共に渡ってきた国民党の軍人や官僚、その家族たち、また彼らが連れてきた職人や商人たちもいる。彼らは言語をはじめとして、それまでの島の生活とはまったく異なるものを持ち込んだ。

たとえば料理。当初、大陸からやってきた人々は台湾の料理を評して「最初から最後まで味が同じだ」と言ったらしい。当時の台湾料理はシンプルで、調理法としては「蒸す」「煮る」そして「焼く」というものしかなかった。日本の影響で味噌《みそ》や醤油《しょうゆ》を使うようにはなっていたものの、全体に味付けはごく薄く、ほのかにコクを出していたのはいわゆる豚骨スープのみ。だが、そんな素朴で単調な味に満足出来なかった外省人は、それぞれ自分たちの故郷から料理人を呼び寄せた。その結果、台湾には中国各地の料理と共に「揚げる」「炒める」という調理法が伝わり、複雑で濃い味付けが広がった。それまでは貴重な労働力であり、「家族同然だから」と言って口にすることのなかった牛の肉も食べるようになった。今や粥《かゆ》と共に朝食の定番となっている油條《ヨーティアオ》（揚げパン）と豆漿《ドウジイアン》（豆乳）も刀削麺《トアウシャウミエン》も、香腸《シャンチアン》と呼ばれる腸詰めや独特の匂《にお》いを放つ臭豆腐《チョウトウフー》、紹興酒《しょうこうしゅ》なども、すべて戦後、大陸から入ってきたものだ。それらの味が定着してしまった今、本当に昔ながらの台湾料理を食べたいと思っても、まず無理だろうと言われたことがある。第一、当時の味を覚えている世代がもうほとんどいない。たとえて言うなら、戦後の沖縄に米軍からＳＰＡＭが入り込んで、今やチャンプルーから味噌汁まで、沖縄料理に欠かせない食材になってしまったのと同じだ。

外省人に対して、戦前から台湾で暮らしてきた漢民族系の人は「本省人」と呼ばれる。日本統治時代には「本島人」と呼ばれていた。もともと日本統治以前、清が統治していた時代は台湾「省」だったのだから、たとえ国名は変わっても「光復」（日本統治が終了）したからには当然のことながら「省」に戻るのだという解釈で、「本島人」から「本省人」へと変わった。現在、客家も含めると全人口の八四パーセントと圧倒的多数を占めるが、台湾の歴史を考えれば、彼らが純粋な漢民族である確率はかなり低いことが分かる。

もともと「マレー・ポリネシア系の人々が先住していた」(伊藤潔著『台湾』中公新書)この島の南部にオランダ艦隊が上陸したのが一六二四年。これが台湾の、いわゆる「世界デビュー」になった。以降、サツマイモに似た形の島はにわかに時代の荒波をかぶり、激動の時を歩むことになる。オランダ上陸に続いて今度はスペインが台湾北部から侵攻してくる。一六二六年五月のことだ。

スペイン軍は自分たちが上陸した台湾東北端の土地を「サンチアゴ岬」と、かなり勝手に命名した。後に「三貂角《サムティアオカ》」と台湾名があてられた場所から「翌日には、鶏籠《ケイラン》(今日の基隆《キールン》)に上陸して(中略)一六二八年にはさらに北上して西をめざし、滬尾《フーボエ》(今日の淡水《タンスイ》)を占領」(同前)する。だが、原住民族からの襲撃やマラリアなどの風土病に苦しめられ、台風にも見舞われたりして、そこから先の台湾進出は思うようにはいかなかった。結局は夢破れて、十年後には淡水から撤退せざるを得なくなり、さらに、この機に乗じたオランダからも攻撃され、一六四二年、基隆も陥落。スペインの台湾北部占領は十六年間で終止符を打った。かたや台湾南部を支配していたオランダもまた、鄭成功《ていせいこう》に駆逐されて上陸から三十八年後の一六六二年には撤退する。

ちなみに台湾では原住民族という表現が正式な呼称になっている。日本人が使う「先住民」という表現の「先」という文字には、祖先、先人、先妻などというように、既に亡《な》くなっている人の意味が含まれるからだそうだ。つまり、台湾で「先住民」という表現を使うと、死に絶えた人々のようなニュアンスになってしまう。

オランダやスペインは、自分たちが上陸した土地に要塞《ようさい》を築き、キリスト教を布教し、西洋医学を持ち込んだ。そういう足跡も大きいが、もっとも大きな影響を与えたのは開拓などの労働力として大陸から多くの漢民族を移住させたことだろう。それら出かせぎ労働者の口から、「台湾はいいぞ」「台湾に渡れば食っていける」などといった噂《うわさ》が、貧しさにあえぐ人々に伝わらなかったとは言えない。その結果、新天地を目指す人が続々と現れたとも考えられる。

やがて鄭氏政権は打倒され、台湾は清国に領有される。当初、清国は台湾の価値をまるで認めていなかったが、かといって余計な勢力を持たせたくもなかった。そこで、それまでに台湾に住み着いていた「移住民一〇数万を中国に強制的に引き揚げさせ」(同前)たが、それでも密航者が後を絶たないために結局、厳しい条件付きで新たに渡航を許すようになる。その条件の中に「家族の同行を禁じ」(同前)というものもあった。行くのなら一人で行け、ということだ。

　大陸と台湾を隔てる台湾海峡は波が荒く、当時は島を目指していざ船をこぎ出しても、三人に一人は海の藻屑《もくず》と消え、一人は諦《あきら》めて大陸に戻り、無事に渡りきることの出来た人は一人だけだったと言われている。やっとのことで新天地にたどり着いた三分の一の男たちは、暮らしのめどが立ってくれば当然、所帯を持ちたくなる。だが、妻子がいたとしても大陸に残してきていたし、結局、原住民族の女性と一緒になるより他なかった。

　台湾の原住民族は、どの部族もが戦闘的だったわけではない。人を疑うということを知らず、新たにやってきた人々を実に無防備に受け容《い》れる部族も少なくなかった。そういった原住民族の中には既に、その時点で島を去っているオランダやスペイン人の血を引くものが混ざっていても不思議ではなかっただろう。いや、もっと言えば「国境」などという概念のなかった時代、人々は現代の私たちが思うよりも遥《はる》かに自由に、また広範囲に移動していたとされ、白人が台湾を「発見」するずっと前から「倭寇《わこう》や海賊の格好の巣窟《そうくつ》であったのは事実である」（同前）ことも考えれば、当時から台湾に住み着き、または根城にしていた日本人が少なからずいて、その血が受け継がれている可能性だって十分にある。

「私の家系は台湾に渡ってきてから今で十一代続いています。私は六代目になりますが、家系図を見ても最初の代、二代目、夫の名前は書かれていても、隣には女、とあるだけで、名前は書かれていません。なぜかといったらその頃、妻になる人は原住民族だったから。台湾の原住民族は文字を持たないんです。だから名前が書かれていない。つまり私たちは、もうその時点で純粋な漢民族とは違っています」

以前そう話して下さったのは台湾最大の発行部数を誇る新聞『自由時報』の呉《ご》阿《あ》明《めい》会長だった。一九二四（大正十三）年生まれ（ただし戸籍上。実際は前年の暮れ）の呉阿明会長は、初めてお目にかかったときに開口一番「私は二十三歳まで日本人でした」と言われた。つまり日本が戦争に負けて台湾の植民地支配を終えた年に数えで二十三歳だったという意味だ。戦前の日本の教育を受け、勤務先で書く報告書の類《たぐ》いはすべて候文《そうろうぶん》だったという呉会長の日本語は、戦後の教育を受けてきた私たち以上に正しく日本人らしい。

「それでも僕らの親の世代や昔の台湾人たちは、中国のことを『唐山』と呼んで、自分たちの故郷としていつも懐《なつ》かしがっていたんです。中国といったら『清』ではなくて、ずっとむかしの『唐』だったんです」

唐を心の故郷としながらも、混血を繰り返すことで「本省人」たちは出来上がってきた。今、彼らのうちの相当数が、自分たちを「中国人」ではなく「台湾人」であると主張するのは、そのためもある。そしてまた、人口比としては全体の二パーセントにまで減ってしまっているものの、現在では正式な呼称として「原住民」と言われている民族たちの存在も「台湾人」として忘れてはならない。

「台湾の複雑さは、それだけじゃありません。たとえば同じ人でも、話す相手によって言うことが変わります。北京語で話すときと台湾語で話すときも、それぞれ違います。外国語で話す人なら、そのときも。自然にそうなっちゃうんです」

陽が傾き始めていた。淡水で、その人は横顔に多少の苛立《いらだ》ちを見せながら「仕方がないんです」と繰り返した。

「だって、色んな人を相手にしなきゃならないんだから」

もともと原住民族のケタガラン（凱達格蘭）族が暮らしていた淡水にスペイン人が築いたサント・ドミンゴ要塞には、その後イギリス領事館が設置され、日本統治時代もそのまま使用された。現在は「紅毛城」と呼ばれている観光名所のテラスでは、夕暮れを待ちわびるように若いカップルが身を寄せ合っていた。紅毛城を経由して坂道を上っていけば、台湾でもっとも有名な外国人の一人であるスコットランド系カナダ人の宣教師であり医師・教育者だったジョージ・L・マッケイ（馬偕）博士が一八八二年に開いた台湾最古の西洋式教育施設「牛津學堂」を前身とする真理大学があり、李登輝総統の出身校としても名高い私立淡江高級中学へと通ずる。独特のデザインを持つ八角楼が西陽を受けて美しく見えた。木々は豊かに育ち、煉瓦《れんが》の塀は苔《こけ》むして、何とも言えず趣がある落ち着いた道だ。河沿いの垢抜《あかぬ》けたレジャースポットとも、また老街《ラオジエ》と呼ばれる古い商店街の、庶民の生活の息吹《いぶき》からも離れて、ひっそりと別の時間が流れているかのように感じる。

「外省人の中でだって、都会出身の高級官僚として台湾へ来た人たちと、国民党軍に拉致《らち》同然に連れてこられた田舎の若者たちとでは全然、違います。本省人より苦労した人も多い」

　夕方の学生街に人影はなかった。狭い道を時折、存外なスピードで車が通り過ぎていく。道の端を歩きながらその人は言葉を続けた。

「本省人だって、『日本語族』のお年寄りさんたちがいるでしょ、その下は北京語を『国語』として反日教育を受けて、家では閩南《ミンナン》語を喋《しゃべ》る世代。その下の僕らは『北京語だけやりなさい』って言われて育ったから閩南語が話せません。両親が喧嘩《けんか》していても何となくしか分かりません。歴史の授業では大陸のことばかりで台湾については何も習わなかったしね。どうです、これだけでも相当に複雑だと思いませんか」

それでは家族の中で意思の疎通が図れないではないかと、私は思わずため息をついた。だがその人は、「不自由とも不思議とも思わない」と言った。

「たとえ身内でも余計なことは聞かないし、喋らない。そういう癖がついています。台湾は一九八七年まで、ずっと戒厳令が布《し》かれていて、その間もう皆、恐怖でしたでしょう？　すぐに密告されて捕まりました。何も言ってないのに陥《おとしい》れられることだってあった。どこで誰に聞かれているか分からないんです。だから誰も本当のことは言わない」

日本が台湾総督府を廃止したのは一九四五年十月。台湾の人々は「光復」を喜んで中国国民党軍を歓迎した。だが外省人と本省人の摩擦は大きく、治安は乱れ、それから一年半もたたない一九四七年、「二・二八事件」という未曾有《みぞう》の抗争事件が起こる。その事件を発端として台湾全土に戒厳令が布かれた。戒厳令とは「一般に非常時に際して通常の行政権、司法権の停止と軍による一国の全部または一部の支配の実現を意味する非常法」（『世界大百科事典』）をいう。「非常事態だから」という理由で軍隊に独裁権力が与えられ、そんな状態が三十八年も続いた。これほど長く戒厳令が布かれた国は、世界中、他に例がない。日本統治から解放された途端に、台湾は新たな苦しみにさらされたのだ。

抜け道のような細く曲がりくねった石段を下りていくと、淡水河のすぐ傍の道に出た。陽が沈もうとしている。もとの遊歩道まで戻れば、相変わらす若いカップルがそれぞれにベンチを占領し、広場ではスケボーで遊ぶ少年や、ギターをかき鳴らして自作の歌を披露するグループなどがいた。穏やかな夕暮れ。こんなにのんびりと一日の終わりを味わいながら、人々は未《いま》だその内側に恐怖の記憶をひそませ、隣の恋人にさえすべてを明かさず、警戒心を解かずにいるのだろうかと、私は何とも言えない暗澹《あんたん》たる気分になった。

「だから三十六面体なんです。ああやって恋人同士でいるときは、それなりに本気なんでしょ。でも、たとえば同時に違う相手とつきあっていても、それもまた本気。おそらく、僕らが自分を守るために身につけたことです」

その人は「だから僕のことも」と口の端を微かに歪《ゆが》めた。

「信じない方がいいです。ただ、この島が複雑だということだけは教えてあげようと思って。さて、何か食べましょう。お目にかかった記念に今日は僕がご馳走《ちそう》します」

その人がどんな人生を背負い、どれほどの葛藤《かっとう》を抱えて暮らしているのか、私には想像もつかなかった。ただ何とも言えないうら哀《がな》しい気持ちになって、その人について夕暮れの街を歩くより他なかった。おそらく、二度と会わない方がいい人なのだろう、ということだけ感じる夕暮れだった。

台北市から三十分程度の距離に位置する淡水は夕陽が美しく、若者にも人気の街（上）。スペイン人が築いた要塞跡で、領事館でもあった風格ある紅毛城（下）。

矛盾と摩擦の先にあるもの

二〇一四年十一月二十九日は、台湾統一地方選挙の投票日だった。台北・高雄・台中など六つの直轄《ちょっかつ》市の市長をはじめとして県、鎮、郷といった行政区域の首長と議員、九つの役職が一斉に改選されることから「九合一」と呼ばれていた。

「台湾の選挙は、ほとんどお祭りです。それに、今でもお金で票を買う人が少なくないし、ものをばらまく人もいる。『選挙に出るほどのバカはいない』と言われるくらいに大変な費用がかかるんです」

知人の言葉だ。実際に早くもその年の春頃から、街にはビルの壁一面を使ってまで立候補予定者の巨大ポスターが張られるようになり、片田舎の道路沿いにも派手なのぼり旗がはためいて、やがて候補者の大きな顔でラッピングされた路線バスが街中を走り抜け、ついにはテレビＣＭさえ流れるようになっていた。しかも今回は、長く与党国民党の牙城《がじょう》だった台北市で無所属の新人候補が躍進しており、ひょっとすると異変が起こるかも知れないという。投票日の二日前、青空の下に真っ白な富士山が見えた初冬の羽田から、ついさっきまで雨が降っていたらしい台北に入った。コートどころか長袖《ながそで》さえ煩《わずら》わしいほどの暖かさだ。

今回、台北市長選の立候補者は計七名。本命は与党国民党・連勝文《れんしょうぶん》候補（四十四）だが、現役医師で台湾大学教授でもある無所属新人・柯文哲《かぶんてつ》候補（五十五）が激しく追い上げており、事実上の一騎打ちとされていた。早速、両陣営の選挙対策本部を覗《のぞ》いてみることにするが、その道すがらもドンジャンドンジャン賑《にぎ》やかな音を立て、トラックやワゴン車などに十台前後のスクーターを連ねて支持を訴える候補者を何組も見かけた。なるほど、これが「お祭り」と言われる選挙活動かと納得。紙のポスターよりも薄い布製のものが多いらしく、それが選挙カーにも張り巡らされているし、旗にもなっている。それぞれに選んだ色が、街中でひらひらと舞っていた。

連勝文候補の選挙本部はさすが与党だけあって、内装設備からして潤沢な資金に支えられているとひと目で分かるものの、人がほとんどおらずどこか閑散としていた。対して、Professor の頭文字をとって「柯P」と呼ばれている柯文哲候補の方にはボランティアが大勢詰めていてポスターから立て看板まで全体に手作り感満載。ちょうどミニコンサートが開かれていた。もしかすると単にひと休みしながら音楽が聴きたいだけなのかも知れないが、とにかく幅広い層の人たちが大勢集まっていて、実に和やかで活気に溢《あふ》れている。噂《うわさ》通り、こちらの方に「風」が吹くかも、と肌で感じる違いだった。

その印象は翌晩それぞれが行った最後の大集会で、さらに強まった。国民党陣営は、台北の心臓部ともいえる中華民国総統府の正面から延びる凱達格蘭《ケタガラン》大道をメイン会場とし、周辺道路まですべて遮断して驚くほどの規模と大音響とで気勢を上げている。いくつもの巨大モニターが特設ステージを大映しにし、スピーカーから腹の底に響くようなドラムロールやかけ声が響く度、支持者たちの振る青天白日満地紅旗が夜空に翻《ひるがえ》った。迫力もあるし何しろ「経済力」を感じさせられるが、支持者たちは意外に冷静な雰囲気だ。

一方、柯文哲候補の方は選挙事務所前で野外コンサートを開いていた。商店や飲食店、ホテルなどが連なる繁華街の一角は道幅がさほど広くないせいもあって大変な人の密度。一旦《いったん》波に呑《の》み込まれたら最後、進もうにも戻ろうにも、まるで身動きが取れなくなった。汗だくでもみくちゃにされる私の耳には「国語」である中国語ではなく、台湾語の歌が聞こえていた。途中で「カモメ」と聞こえる歌詞が繰り返される歌だ。

高揚感というものは理屈ではない。無関係な人間ですら、そこにいて何となく気分が沸き立ってくる。それが今回「One city one family」をスローガンに掲げている柯P候補陣営の空気だった。

　翌朝から始まった投票は午後四時で締め切られ、直後から開票速報が流れ始めた。台北市では予想通りに「白」（無所属）がじわじわと「青」（国民党）を引き離しにかかり、他の地域では「緑」がイメージカラーの野党・民主進歩党（民進党）がほとんどの市と県とで得票数を伸ばしている。思った以上の、国民党の大苦戦だ。大勢が判明するのは午後十時頃だろうと聞いていたのに、六時半を回った段階で、早々と連勝文候補が敗北宣言を行う事態になってしまった。

「歴史的なことですよ！　もしかすると本当に時代の変わり目になるかも知れません。『太陽花學運』のことも、有権者は忘れていなかったんだと思います」

　今回の選挙の結果は二〇一六年に行われる総統選挙にも大きな影響を与えるだろうと、その日デートの約束をキャンセルして私たちにつきあってくれた二十代のHくんも興奮気味だ。彼自身は両親と共に「青」を支持しているそうだから、決して喜んでいるわけではないのだが、変化の兆《きざ》しには敏感に反応している。しかも彼の姉さんは「緑」で、この春の「太陽花學運」にも参加していたのだという。

「あのときは、もう母さんが怒っちゃって。『何で緑なの！』というのと、『女の子なのに危ないでしょう』と」

太陽花學運とは二〇一四年三月、台湾と中国との間で締結されようとしていたサービス貿易協定に反対した学生グループが日本の国会議事堂にあたる立法院を占拠し、一カ月近くにわたって立てこもった一連の運動のことだ。実はその始まりの日にも、私はやはり台湾にいた。テレビで騒動を知って、小雨の中を立法院前まで行き、占拠した学生に賛同して整然と座り込みを続ける学生や一般の人たちの間に「太陽花（ヒマワリ）」が一本ずつ広がっていくのを見ていた。

「こんなことをやったって、何も変わりゃしないのに」

そのときに一緒に行ってくれた三十代の知人は冷ややかに言い放っていたものだが、いやいや、そんなことはないのではないかと、今回の選挙が思わせた。

午後八時近く、柯文哲候補が勝利宣言を行った。「緑」の推薦を受けていたとはいえ、柯Pは無党派層の取り込みにも成功し、ふたを開けてみれば連勝文氏に二十四万票もの大差をつけての圧勝だった。その晩、国民党本部前は怒った支持者たちが詰めかけるのを警戒してか、バリケードが張られ、物々しい雰囲気に包まれていた。人は多くない。様子を見に行った私たちの、ちょうど目の前を黒塗りの車が数台連なって、猛スピードで建物に入っていった。

「今の中に馬英九《ばえいきゅう》総統の車もありました。これから大変なことになりますよ、間違いなく責任を問われます」

Hくんが教えてくれたとき、近くにいた男性が何事か怒鳴り声を上げた。すると、瞬《また》く間に大勢の警備員とテレビ局のカメラマンが駆け寄ってきて、男性を取り囲む。負けるとは、こういうことかと思った。その晩、馬英九総統はカメラの前で深々と頭を下げた。


翌朝からすべてのマスコミが今回の選挙に関する分析を始めた。勝因、敗因、様々な方向から論じられる中で、連勝文候補の父親・連戦《れんせん》氏が何度かテレビの画面に映った。かつて李登輝総統時代に副総統を務め、当時は次期総統候補とも言われていた人物のことは、私も記憶している。現在も国民党名誉主席の地位にある氏が、実は選挙期間中に行ったある発言が、今回の子息の落選につながる大きな要因の一つになったのでは、というのだ。

二〇一四年で七十八歳になった連戦氏の、その発言とは、柯文哲氏の祖父が日本統治時代は改姓名して「青山」と名乗っていたことから、柯文哲氏を「青山文哲」と呼

んだ上で、

「『青山文哲が市長になるなんて耐えられない』『柯文哲は日本の役人になった家庭の出身で、当時の日本植民政府に協力したことは疑いない。こんなことをしていた人間を我々は何と呼べばいいだろうか』などと語り、『漢奸《かんかん》（売国奴）』ではないかと示唆《しさ》した」（野嶋剛《のじまつよし》・新潮社 Foresight 2014.12.04）

というものだ。柯文哲候補は私とほぼ同世代の、つまり日本統治時代よりもずっと後の生まれだ。それでも「祖父」のことを引き合いに出され、未《いま》だにそういう言い方をされるのかと、私は衝撃を受けた。

連戦氏は「半山」だそうだ。つまり、台湾出身ではあるが、日本の植民地だった時代に「さまざまな原因（植民統治への不満など）から中国大陸に移住して」（周婉窈《しゅうえんよう》著『図説　台湾の歴史』平凡社）、戦後、台湾へ戻ってきた人たちのことだ。彼らは日本統治時代もずっと台湾で暮らしてきた「本省人」とは、経験してきたことも台湾に抱く思いも異なっている。また「外省人」と「本省人」との橋渡し的役割を負う一方で、国民党と密接につながっていることで優遇され、利益を受ける人も少なくなかったことから、『半山』という呼称には『裏切り者』への否定的な意味合いがあるのである」（同前）。このことは、もっと言うなら「半山」をも敵対視するほど、その先にいる外省人への反発が強いということにもなる。そういう背景を持つ連戦氏の、「本省人」を蔑視《べっし》しているとも受け取れる発言だった。

戦後の台湾には「省籍矛盾」と言われる問題が横たわっている。日本統治時代を経験してきた大多数の本省人と、戦後、大陸から渡ってきた外省人との、数のバランスと権力のバランスが矛盾しているということだ。この問題が、戦後の台湾に数々の悲劇を引き起こしてきた。

国民党陣営が大集会を行った凱達格蘭大道の脇《わき》に、広々とした公園がある。敷地内には国立台湾博物館もあって、大きく育った木々の間を台湾リスが走り回り、市民の憩《いこ》いの場となっている場所は、日本統治時代には「新公園」と呼ばれていた。現在は「二二八和平公園」と名を変えている。「二二八」は日付けだ。この日に何があったのか。

ことの発端は、日本統治時代が終わって一年四カ月が過ぎた一九四七年二月二十七日夕方から始まる。台北の下町で闇煙草《やみたばこ》を売っていた一人の寡婦《かふ》が取締員と警官に暴力を振るわれて負傷した。当時の台湾は既に国民党軍の支配下にあったが、激しいインフレと著しい物資の欠乏にさらされ、さらに「三〇万人以上もの台湾人失業者が巷《ちまた》に溢れた。治安も急速に悪化し、日本統治時代の『法治国家』から一転して『無法地帯』に」（伊藤潔著『台湾』中公新書）なってしまっていた。それまでは中国大陸を「唐山」と呼んで懐《なつ》かしみ、国民党軍のことも大歓迎したのに、実際に目にした彼らの姿は無規律で腐敗しきっており、人々をひどく落胆させた。当時を語るとき、台湾の人たちは必ず「狗去猪來《ゴウチュイヂュライ》」（犬が去り、豚が来た）という表現を引き合いに出す。狗＝犬（日本人）はうるさいが番犬になるし役に立ったのに、猪＝豚（外省人）は穢《きたな》く、貪《むさぼ》り食うばかりだという意味だ。

その日、一人の女性への暴力事件が引き金となり、人々の中に溜《た》まっていた不満が爆発した。「憤慨した群衆が、一斉に取締員らを攻撃したため、取締員らは逃げながら発砲、傍観の一市民にあたって即死させた」（同前）ことから、さらに群衆の怒りを買う。翌二十八日には多くの市民が激しい抗議行動を起こした。そして、前述の公園内にあった「放送局を占拠して、ラジオで台湾人の決起を呼びかけた。この放送により、台北市の暴動事件は瞬く間に全島各地に伝わり、各県市でも同じような政治暴動が起こ」（何義麟《かぎりん》著『台湾現代史　二・二八事件をめぐる歴史の再記憶』平凡社）るのである。「二・二八事件」の始まりだった。

事態の収拾に当たったのは台湾省行政長官だった陳儀《ちんぎ》（一八八三〜一九五〇）。彼は、繰り返し民意を受け容れる姿勢を見せておきながら、その一方では大陸の蒋介石に援軍派遣を要請していた。「蒋介石はただちに軍隊の派遣による反乱鎮圧を決定し」（同前）、三月八日から国民党軍による武力掃討が始まる。陳儀の理屈では、二・二八事件の原因は「日本の教育の『毒素』に帰し、（自分たちに抵抗する台湾人は）より徹底的に祖国化政策を実施すべき」（同前）対象だったからだ。

基隆と高雄から上陸した「憲兵第四団（連隊）二〇〇〇名と、陸軍第二一師団一万一〇〇〇名の増援部隊は（中略）手あたりしだいに台湾人に向けて発砲した」（前出『台湾』）。

「私はまだ少年だったけれど、大勢の人がトラックの荷台に乗せられて、隣の人と手のひらと手のひら、足と足とを針金でつながれてね、市内を引き回された後で一斉に、バババッと撃ち殺されていったのを、この目で見ましたよ。覚えています」

私たちの案内役である陳旭慶さんから聞いたことがある。信じられないほど残虐《ざんぎゃく》な光景が、子どもを含む一般市民の目の前で展開されたそうだ。この無差別の大虐殺に人々は大きな衝撃を受けた。闘争心を叩《たた》きつぶされ、徹底的に恐怖心を植えつけられた。その結果、人々は沈黙した。沈黙こそが唯一《ゆいいつ》の、生き延びる道だった。

大虐殺に続いて「粛奸《しゅくかん》工作」として、事件とは無関係な人たちまでが連日のように逮捕、処刑されるようになる。その中には、台湾の未来を担《にな》っていくはずだった医師や弁護士、ジャーナリストといった人たちが相当数含まれていた。この事件により「一ヵ月余の間に殺害された台湾人は、国民党政権のその後の発表によれば約二万八〇〇〇人を数え」（同前）、あるいはそれ以上とも言われている。逮捕された人数は調べようもないほど膨大で、未だに消息がつかめない人も少なくない。わずかでも身の危険を感じた人は、あるいは山奥にひそみ、あるいは島を脱出していった。戦後も台湾に残っていた日本人たちも、それを機に日本に引き揚げた。

　一九四九年五月二十日には戒厳令が実施され、台湾は「結社・言論・集会の自由は制限され、市民社会形成の可能性は完全に失われ」（前出『台湾現代史』）る。かつてポルトガル人によって「Ilha Formosa《イラ・フォルモサ》！（美麗島）」と名付けられた島は、ついに「監獄島」とまで呼ばれるようになってしまった。政府は、自分たちが台湾に刻んだ虐殺の歴史について積極的に語るはずがなく、人々も沈黙を通した。そのため、事件と無関係だった人々の多くは、未だに二・二八事件についてほとんど知らないのだそうだ。

　一九八七年七月、三十八年間も続いてきた戒厳令がついに解除され、蔣経国《しょうけいこく》総統の後継者として本省人の李登輝総統が誕生して初めて、台湾の人たちはようやく少しずつ口を開き始める。と同時に、自らの経験してきた歴史についても振り返ることが出来るようになってきた。日本統治時代についても語られるようになり、そしてあの日、市民に決起を呼びかけた台湾放送協会の建物は「台北二二八紀念館」となった。二〇一一年には「二二八国家紀念館」も出来た。こちらは政府とは関係なく、二・二八事件で犠牲となった方々の名誉回復を目的として財団法人によって運営されている。

日本統治時代は台湾教育会館だった建物には、事件の犠牲になった方々の写真や氏名・履歴などと共に、所持品、衣服などが展示されている。中でも家族にあてた遺書の数々は日本語で教育を受けた人たちだけに達筆な日本語で書かれていて心情が生々しく伝わり、読む度に胸が詰まる。

台湾の人たちに親日派が多いのは、実は日本が去った後の苦難の方があまりに大きかった、その反動もあると聞いている。それでも今ようやく、過去は過去として「One city one family」と訴える市長が誕生した。人々を落胆させることなく、確実に歩み出すときがきたと信じたい変化だった。

経済力を感じさせる与党国民党候補の大集会（上）。台湾の選挙はお祭りのよう（中）。二二八和平公園内の二二八紀念碑（下）。

日本統治時代の幕開けと終焉《しゅうえん》——宜蘭《ぎらん》

　その小道は、普通の農道以外の何ものでもないように見えた。道の両側には田植え前の水田が、水を張っただけの状態で広がっていて、その向こうに、ぽつり、ぽつりと民家が建っている。南国らしい姿の木々に、屋根の形状からして廟《びょう》らしいと分かる建物を眺めることも出来た。もしも訪れたのが田植えの後だったら、清々《すがすが》しい景色が広がって、さぞかし気持ちよかったことだろう。何しろ宜蘭は空気が美味《おい》しい。高速道路が開通したお蔭《かげ》で、それまでのように海沿いをぐるりと回る必要がなくなり、台北からなら車で一時間足らずで行けるようになったこの土地に着いて、まず最初に感じたのが、その空気だった。

　そして今、真《ま》っ直《す》ぐとはいえない細い道を、私は一人で歩いては立ち止まり、また少し歩いては立ち止まって時を過ごしていた。その歩調と同じように、冷たい雨が降ったりやんだりする日だった。台湾の北東部に位置するこの宜蘭はもともと「竹風蘭雨」という言葉があるほど、新竹の強風と並び称されるくらいに雨の多いことで知られている。ことに冬場は季節風の影響もあって、ひんやりと冷たい雨降りの日が続くことも珍しくないそうだ。

吐く息が白く見える。水をたたえた水田は、灰色の空や付近の建物を鏡のように映しこむばかりで、水鳥の一羽も見当たらなかった。道行く人もいなければ車も通らず、自分の靴が踏みしめる砂粒の音だけが奇妙に耳についた。立ち止まるたびに、来た道を振り返る。

振り返った先には、壁面が煉瓦《れんが》で出来ている緩いアーチ型の建物が見える。隣にあるのは近隣の「ゴミステーション」。小さな白い花が咲き乱れる向こうに、ある種の存在感を保ちつつも、それは実に静かに佇《たたず》んでいた。周囲の風景にすっかり溶け込んでいる建物は、全体に緑の草に覆《おお》われているが、アーチ部分の断面が、実はかなりの厚みをもったコンクリート製だということは遠目にも分かる。

「煉瓦の壁は後から造ったものだそうですよ。向こう側と、こっち側とを煉瓦でふさいでね、ああして窓と扉をつけて、今はこの地域の人たちの集会所になってるんだそうだ」

その日一日、私たちを案内して下さることになった宜蘭県史館の廖英杰《りょうえいけつ》館長の説明を、いつも通りに陳旭慶さんが通訳する。台北からハンドルを握ってきてくれた陳永《ちんえい》旻《みん》先輩も話に聞き入っている。

「ほら、あっちの田んぼの向こうね、あの塔のようなものが見える方向に、当時は飛行場があったんです。出撃するときには、ここから出て飛行場までね、この道をずうっと通って行ったんだそうだ」

私は、またも細い道を振り返った。

「こんな細い道を？　それに結構、曲がってますよね。それなのに、飛行機が通れるんでしょうか」

すると陳さんは白い息を吐きながら、「小さいんだよ、零戦《ゼロ》は」と少しばかり困ったような笑みを浮かべた。

「もう、竹とんぼみたいですよ。もちろん、飛び立つときの滑走路は真っ直ぐだけど、そこまではこれで十分だったでしょう。それに、ここから出ていった飛行機はもう戻ってこないんだから、簡素に済ませたんでしょうね。若い人たちばかり、行ったんですからね。気の毒だったね」

一九三三（昭和八）年生まれの陳さんは、終戦当時は中学生。空襲も経験しているし、実際に零戦も見ている。自宅は、宜蘭とはまったく別方向、台湾中西部の彰化県だったが、そこでは防空壕《ごう》ではなく自宅裏の竹藪《たけやぶ》と大きく育った榕樹《ようじゅ》の木陰に特攻機が隠されていたという話を聞いている。

つまり、当時は舗装されていたかどうかすら分からない、この頼りない小道が、若い日本兵たちが二度と戻ることのなかった、特攻への道だったということだ。そして今、両側を煉瓦でふさがれて再利用されているアーチ型の建物とは、戦時中に造られた零戦の格納庫（掩体壕《えんたいごう》）だった。この格納庫から出て滑走路に向かうときの特攻隊員たちには、今の私のように道の途中で立ち止まることも、後ろを振り返ることも、ましてや戻ってくることも出来なかった。

ここから。いった。

少なくとも私が子どもの頃には、東京近郊にも戦時中の防空壕や、弾薬庫跡といわれる施設がところどころに残っていた。だが、実際はあったのかも知れないが、戦闘機の格納庫が残っているという話は聞いたことがなかった。当時、大人たちは「戦時中の」というひと言以上には、そうした遺物の意味を話そうとしなかった。だから私たちは存在を記憶しただけで、それ以上の何を感じることもなく、そのまま育ってしまった。そしていつの間にか、防空壕も弾薬庫跡も見かけなくなった。なぜ日本は、本土でこういうものを残さなかったのだろう。あまりにも多くの犠牲を払い、苦痛を伴う過去だから、早々に消し去ろうとしたのだろうか。または他に、残せなかった理由でもあったのか。本物の格納庫の前に立ってみて初めて、「特攻隊」「特攻隊員」という存在をこんなにも生々しく感じるというのに。

　宜蘭には他にも零戦の格納庫が残っている。

「員山機堡《ほ》」と名付けられた格納庫は、現在は壁の半分をわざと壊して外から容易に眺められるように手を加えてあり、さらに、格納庫の中には飛行機の模型を展示している。つまり完全に「教育施設」としての意味合いを持たせている。こちらは田園地帯というより、もう少し建物の多い町の中にあるが、戦時中から周囲に家々があったのかどうかは分からない。前述の格納庫とは、一・五キロほど離れた場所だ。

　展示されている零戦の模型は竹製で、厳《いか》めしさとはほど遠く可愛《かわい》らしいものだし、パイロット姿の顔抜き記念撮影用パネルなども置かれているから、何も知らずに訪れた子どもなら「あ、飛行機！」と喜びそうなものだ。だが、フェンスで囲まれた施設のゲートには、機体に日の丸が描かれた戦闘機の絵と共に、いくつかの標語のようなものが書かれている。

「為國捐軀不帰路」

「此路一去無回頭」
「只可遠觀緊翻頭」
日本人でも文字を読めば大凡《おおよそ》の意味が摑《つか》める言葉の意味をその場で教えられ、改めて七十年以上前に作られた格納庫と模型飛行機とを見れば、幼い子でも必ず感じるものがあるはずだ。それが「本物」の持つ重みではないか。

台湾では河川の名称には「川」でなく「河」または「渓」がつく。宜蘭は、蘭陽渓《らんようけい》という美しい名前の川の河口に出来た三角州を中心に広がった。「蘭陽平野」と名付けられた平坦《へいたん》な土壌は肥沃《ひよく》で農業に適している。東側は太平洋に向かって開けており、わずかに緯度の低い百キロあまり東方には与那国島《よなぐにじま》がある。そういう位置だからこそ、特攻隊の基地が出来たのだろう。そして海側を除いた北、西、南側はすべて山に囲まれている。

もともとは原住民族であるクヴァラン（噶瑪蘭）族の暮らす土地だった。海岸線まで山が迫り、そのまま海に落ち込んでいる地形の多い台湾東部には珍しい平地で、しかも肥沃な土壌であることから、大陸から渡ってきた漢民族が入り、一八一二年に城市（都市）を築いた。自分たちの土地に入り込んできた存在を快く受け容れ、やがて彼らと同化していく人もいれば、「侵略者」を強硬に拒絶し、排除しようとする人もいるのは当然のことだ。今でも漢民族系の人が暮らす古い家には、周囲に竹を繁《しげ》らせて生け垣としているものが見受けられるが、それは原住民族からの攻撃に備えたものだそうだ。宜蘭に限らず台湾という島自体が、こうして次々に入ってくる民族との融合と摩擦を繰り返しつつ時代を歩む、そういう運命を背負ってきたということが出来るだろう。

一八九五（明治二十八）年、日清講和条約によって清国政府は台湾を手放した。まず日清戦争そのものが、台湾で暮らしている人たちの与《あずか》り知らぬことだし、しかも当時は台湾を統治していたはずの「清国政府はこの重大なできごとを、ついに台湾の官民に対して事前に知らせ」（伊藤潔著『台湾』中公新書）なかった。つまり、台湾の人にしてみれば寝耳に水もいいところだった。「はいそうですか」ですまされることではない。ある日突然まったく異なる言葉を話す人間が兵を率いてやってきて「ここは今日から日本になる」と言われたって、その意味さえ分からなかった可能性もある。その結果として、各地で「土匪《どひ》」「匪徒《ひと》」などと呼ばれたゲリラによる抗日活動が頻発することになった。「土匪」の中には漢人もいれば原住民族もいただろうが、同年十二月には「『土匪』が宜蘭を包囲し、日本軍を襲撃した。このとき日本軍に殺害された台湾人は二八〇〇余名に達し」（同前）たという。

初代台湾総督だった樺山資紀《かばやますけのり》は、そんな「土匪」による抗日ゲリラが頻発する以前に、早々と全島平定を大本営に報告してしまい、しかも翌一八九六（明治二十九）年には台湾から日本へ戻ってしまった。在任期間一年一ヵ月。第二代総督となった桂太《かつらた》郎《ろう》はさらに短く、「在任期間わずか四ヵ月、そのうち台湾に滞在したのは一〇日間に過ぎず」（同前）という有り様で、その年のうちにもう次の代に席を譲る。そして第三代総督となったのが名将・乃《の》木《ぎ》希典《まれすけ》だった。だが乃木の在任期間も「一年四ヵ月と短かった」（同前）。当時まだ中将だった乃木は、就任して早々「宜蘭警察署長の『土匪招降策』を受け容れ（中略）『土匪』の降伏を実現させた」（同前）とあるが、現実はといえば、そう簡単に降伏などさせられるものではなかった。実際に、宜蘭での「土匪」によるテロ行為を鎮圧し、住民たちの反日感情を和らげ、そして宜蘭という街の現在の礎《いしずえ》を築いた人物は他にいる。

二つの格納庫の他、海沿いに建てられた斬新《ざんしん》なデザインの蘭陽博物館にも寄って、宜蘭の歴史や自然、原住民族の暮らしぶりなどを見学し、うどんに似た麺《めん》で冷えた身体《からだ》を温めた後、廖英杰館長はさらに、私たちを「宜蘭設治紀念館」に案内してくれた。白砂を敷き詰めた庭には石灯籠《いしどうろう》が置かれ、その先に池がある。大きく育った庭の木も瓦《かわら》屋根も、そして敷地を取り囲む石垣も、すべてシダに囲まれ青々と苔《こけ》むしていて、いかにも雨の多い地方らしく感じるものの、敷地内に建っているのは、紛《まご》うことのない日本家屋だった。

一九〇六（明治三十九）年、宜蘭庁長の官邸として建設された建物を、整備と修復を繰り返すことで美観を保っている設治紀念館は、玄関から一歩中に入れば思わずほっと息をつきたくなる、昔ながらの書院造の建物だ。長い廊下からは先ほどの白砂の庭が眺められ、玄関の正面にある壁に丸い穴が空いていて、日本人なら以前はそこに障子がはまっていたはずだとすぐに分かる。障子紙の白い色も清々しい純粋な日本家屋だが、見学者たちが畳の上をスリッパのままで上がるのが、日本人としてはどうにも居心地が悪かった。それでも、欄間の透かし彫りも、さほど手の込んだ仕事ではないがすっきりと好ましいし、浴室からご不浄までが綺麗《きれい》に再現されている。床の間に中国風の神さまが置かれているのは仕方がないとして、その隣に飾られた額を見て「おや」と思った。どこかで見覚えのある顔。誰だったろう、と首を捻《ひね》っていると、陳さんが「西郷菊次郎《さいごうきくじろう》ですね」と教えてくれた。

「西郷隆盛《たかもり》の息子さんですね」

そこまで言われてようやく「ああ」と頷《うなず》く有様《ありさま》だから、どちらが日本人だか分からない。

西郷菊次郎（一八六一・万延二〜一九二八・昭和三）は、西郷隆盛が奄美《あまみ》大島に遠島中に島妻（島の言葉でアンゴという）との間に生まれた。十二歳でアメリカ留学を果たし、十七歳のときに西南戦争に参加して被弾により右足の膝《ひざ》から下を喪《うしな》い、その後の人生は義足での生活となった。亡《な》き父・隆盛の弟である西郷従道《つぐみち》の計らいもあって外務官僚となり、再びアメリカでの生活も経験するが、その西郷菊次郎が乃木希典第三代台湾総督時代の一八九七（明治三十）年に、初代の宜蘭庁長に任命されてこの地に赴任してきたのだった。

外交官として生きてきた菊次郎は「台湾の習慣や陋習《ろうしゅう》を無視しては住民の本当の理解は得られないことを知っていた」（佐野幸夫著『西郷菊次郎と台湾　父　西郷隆盛の「敬天愛人」を活《い》かした生涯』南日本新聞開発センター）。タイミングも味方した。赴任した翌一八九八（明治三十一）年、乃木希典に代わって児玉源太郎が第四代総督に就任し、民政局長（後に民政長官）として、医師でもあった後藤新平を伴って赴任したからだ。児玉自身は他にも重要な役職を兼務しており多忙を極めていたために「留守総督」と呼ばれるほどだったが、その児玉に代わって実質的に台湾を統治したのが、その後は初代満鉄総裁、各大臣を歴任し、東京市長にもなる後藤新平だった。現在でも、台湾に尽力した日本人の一人として人々の記憶に残っているこの人物が一九〇六（明治三十九）年までの長期にわたって手腕を発揮したからこそ、台湾における日本の植民地経営は初めて軌道に乗り、現代にも通ずる台湾の基礎が築かれた。

「比良目《ひらめ》の目を鯛《たい》の目にすることはできんよ」（前出『台湾』）という言葉の通り、いきなり日本のやり方を台湾人に押しつけることはしないという方針で台湾統治の基礎作りに乗り出した後藤新平の理解を得て、西郷菊次郎は宜蘭で「河川工事、農地の拡大、道路の整備、樟脳《しょうのう》産業の発展、農作物の収穫増加等に取り組み、土匪の反乱を治めて住民の生活を安定させ」（前出『西郷菊次郎と台湾』）ていく。ことに毎年のように氾濫《はんらん》していた宜蘭河沿いに一・七キロという長さの堤防を築いたことで、菊次郎の名前は宜蘭の人々にとっては忘れがたいものとなっているようだ。

　後藤新平の台湾統治の方針は「アメとムチ」だったと言われるが、西郷菊次郎もまた「土匪」に対して「速やかに帰順するならば過去の罪は一切問うことはしないで土木工事などの仕事を与える」（同前）という「アメとムチ」方式をとったようだ。『西郷菊次郎と台湾』によれば、宜蘭県史館所蔵の資料には「西郷庁長は今まで犯した罪は赦免するけれども、その代わり掟《おきて》は厳しく守らせた」と書かれた『台湾日日新報』

の記事が残っているそうだし、宜蘭設治紀念館には「土匪」の領袖《りょうしゅう》の一人、林大北という人物の遺品として、「官居一品」と彫られた銀製のプレートが展示されていた。過去はどうあれ日本の説得に応じて武装解除し帰順の意を示した「土匪」に、この札が与えられたのだという。

「あれっ、これは僕の大叔父さんだ」

ふいに陳先輩が驚いた声を上げた。座卓の上に置かれていた『楊基銓回憶録』という本を見て私も驚いた。『台湾に生を享《う》けて』という題で日本語訳されている本を私も読んだことがあるからだ。日本統治時代、台湾人で初めて台湾総督府に採用されたという人物の略歴を見ると、確かに一九四一年、台北州宜蘭郡守と書かれていた。

「大叔父さんが宜蘭で暮らしたことがあるって、陳先輩、知ってたんですか？」

「知らないよ、全然！」

冷たい空気を震わすように、陳先輩は豪快に笑った。

緑の草に覆われ、煉瓦でふさがれたアーチ型の零戦の格納庫（上）。「宜蘭設治紀念館」は昔ながらの書院造の建物（下）。

嘉《か》南《なん》の大地を潤《うるお》した日本人——八田《はった》與《よ》一《いち》

母方の祖父母は共に石川県の出身だ。東京の大学に進学し、そのまま東京で就職した祖父のもとへ、故郷からさほど遠くない村の尋常小学校で教員をしていた祖母が嫁いできた。大正の末のことだ。故郷との往《い》き来《き》が途絶えたのは戦争を境にしてのことらしい。

私が生まれた頃には既に、祖父母の家で石川県の話題を出すことはタブーになっていた。たまにそれらしい話題が出ることがあって、幼かった私が「誰のこと」などと尋ねても、大人たちは「知らなくていいの」と応《こた》えるばかりだったし、そういう話題に上る人たちが実際に姿を現したことも一度としてなかった。そうして私は自分と石川県との関係をきちんと知らないまま育つことになった。

二十代になってから祖父母が相次いで亡《な》くなり、相続の手続きで必要になったときに、彼らの戸籍謄本《とうほん》を見る機会を得た。そこで初めて、祖父母がそれぞれに石川県のとある土地で生まれ、両親や何人もの兄弟がいて、さらにまたその親や祖父母がいるという、ごく当たり前のことを知った。血脈というものを意識した、それが最初だったかも知れない。だが家庭内タブーのために、それまで足を向ける機会もなく、思い描くことすらなかった土地に生きた人たちの名前をいくら眺めても、特段の思いが芽生えることはなかった。

そんな調子だから、私の中に「石川県」はほとんど存在していないはずだった。ところがそのことをぽん、と思い出した瞬間があった。

「私の祖父母も、石川県の出身なんです」

口にしながら、何よりも驚いていたのは私だった。

「そうでしたか！」

それまで一人の日本人の人生と功績について語っていた徐金錫《じょきんしゃく》さんの表情が、ぱっと変わった。徐さんは「財團法人紀念　八田與一《はったよいち》文化藝術基金會」の董事長《とうじちょう》（会長）として、八田與一の功績と、台湾人としての感謝の気持ちを後世まで受け継がせようと活動している。それなのに、台湾ではこれほどよく知られ、親しまれている人物のことを、八田と同じ日本人が知らなすぎる。なぜもっと彼を知り、功績を誇りに思わないのかと、ずっと苛立《いらだ》ちに近い思いを抱いてこられた感じがした。だからこそ、私がつい「石川県」に反応してしまっただけで、その表情が変わったのかも知れない。

「それは大変に誇らしいことですね。こういう方がいらっしゃるというのは郷土の誇りですよ」

台南から北東におよそ四十キロ。日本人土木技師・八田與一が設計した烏山頭《うさんとう》ダムを訪ねたのは、五月九日のことだ。前日の八日が八田の命日にあたり、その日は例年、台湾総統をはじめとする各界の重鎮も参加して盛大に慰霊祭が執り行われると聞いていたので、混雑を避けるためにわざと一日ずらすことにした。五月初旬でありながら薫風《くんぷう》と呼ぶには少しばかり熱すぎる風が吹く日だったが、満々と水をたたえたダム湖の周辺は緑豊かで清々《すがすが》しく、心地よかった。所々に見えている色鮮やかな赤い花は鳳《ほう》凰《おう》花だろうか。その花の咲く鳳凰木は台南市の木にもなっている。

台南市内から烏山頭ダムまでは、こちらに来るときはいつも案内役を請け負ってくださる呉翰周《ごかんしゅう》さんの車に乗せていただいた。高速道路を進みながら眺めた嘉南《かなん》平原は、実に広々として豊かな穀倉地帯だった。今の景色から、かつてはこの土地が干ばつと塩害とに苦しみ続け、飲み水にも事欠いていたなどと誰が想像出来るだろう。この景色を生み出した人物こそが、八田與一ということになる。

「八田先生がおいでにならなかったら、今の台湾はなかったんだよ。台湾のねえ、恩人ですよ」

　徐さんの話を通訳する間も、何度となく感極まって声を詰まらせていた陳旭慶さんは「本当ですよ」と繰り返した。

　一八八六（明治十九）年、石川県河北郡今町《いままち》村（現在の金沢市今町）に生まれた八田與一は東京帝国大学工科大学で学んでいる頃から「豊かなアイデアの持主で、発想がユニークであった」（古川勝三《かつみ》著『台湾を愛した日本人　土木技師八田與一の生涯』創風社出版）が、そのスケールの大きさは、いわゆる平凡な感覚しか持ち合わせないものからは理解されづらかったらしく、「いつの間にか『八田屋の大風呂敷《おおぶろしき》』と陰口を」（同前）叩《たた》かれることもあったという。これは面白い一致だ。台湾総督府民政長官として台湾の基礎を築き、日本統治時代を語る上で欠くことの出来ない後藤新平もまた「大風呂敷」とあだ名をつけられていた。つまり台湾という島には、少なくとも二人の「大風呂敷」が出向いたことになる。そして、内地では受け入れられなかったかも知れないほどに壮大なスケールで、当時この島が抱えていた解決困難に思われる現実を包み込み、生まれ変わらせることに成功した。発想の豊かさ、スケールの大きさ、実行力、さらに広げた大風呂敷を共に担《かつ》ごうとする人を集めるだけの魅力が彼らに備わっていなければ、おそらく植民地としての台湾は、まるで異なる歩み方をしていたに違いない。

後藤新平の政策によってインフラの基礎が出来上がり、衛生面も改善され、「土匪」と呼ばれた山賊まがいの集団や抗日ゲリラ活動への対策も効果を見せ始めた後、つまり、いよいよ製糖をはじめとする産業の発展や生活の向上に伴って電力の需要が高まり、さらに農産物の増産を目指さなければならなくなりつつあった一九一〇（明治四十三）年八月、八田與一は台湾総督府土木部の技術者として渡台し、やがて嘉南平原への灌漑《かんがい》の必要性を強く主張することになるのである。

台湾南西部に位置する嘉南平原は、総面積およそ四千五百平方キロメートル、現在の彰化、雲林《うんりん》、嘉義《かぎ》、台南、高雄といった行政区域にまで広がっている台湾最大の平原で、東には阿里山《ありさん》山脈が連なる。雨期には洪水を引き起こすほどの豪雨に見舞われるが、その他の時期は逆に極端なほど降水量が少ないために土壌は乾ききって土埃《つちぼこり》が舞い、人々は何時間もかけて飲み水を汲《く》みに行かなければならなかった。「雨が降った年だけしか水田にならない天候次第の『看天田《かんてんでん》』と呼ばれる土地で」あり、さらに

「海岸に近い地域においては、塩害の土地」（共に同前）でもあったというから、実に不毛な平原だった。

　発電の必要性もさることながら、まずはこの平原を実り豊かな大地に生まれ変わらせ、その土地で暮らす農民の生活を向上させなければならないと考えた八田は、ダムの建設と、ダムから平原に向けて無数の水路を引く計画を立てる。それは、まさしく「大風呂敷」としか思えないほどのスケールの大きさだった。普通なら予算、年月、労働力、どれをとっても容易に実現出来るとは思えないだろう。だが八田は諦《あきら》めない。何度でも現場を訪ね歩いて測量を重ね、綿密な計画を立て、無数とも思えるほどの図面を引いた。ちょうどその頃、日本国内でも深刻な米不足に見舞われていた。八田の計画が実現されれば、ひいては日本国内の食糧事情も改善される。一九二〇（大正九）年、大日本帝国議会は嘉南大圳《たいしゅう》建設の予算を通過させ、ついに烏山頭という山でダム建設工事が始まる。アメリカにも技術の視察に赴いた。

　完成までに十年の歳月を要した烏山頭ダムは、堰堤《えんてい》長一・三五キロメートル、ダム湖面積六千ヘクタール。そして、ダム湖から嘉南平原に張り巡らされた嘉南大圳と呼ばれる水路の総延長は約一万キロメートルに達する。そこにさらに、塩害を受けた土地の塩を洗い、洗い落とされた塩分を含んだ水を流すために作った排水路の六千キロメートルも加えると、嘉南大圳の総延長は、明代に築かれた万里の長城の二倍にもなる。そのすべてを視界におさめることなど不可能な広さだし、たとえば地図で「これが嘉南大圳ですよ」と示されても、もともとこの大地に、自然に張り巡らされてきた川筋のようにしか見えないくらいに細かい。だが実際には、すべての水路は勾配率《こうばいりつ》一パーセントに緻密《ちみつ》に計算されているため、流れが澱《よど》む心配もないという。その流れは今も嘉南平原を潤し続けており、たとえばそのあたりを車で走っていても「ほら、これも嘉南大圳ですよ」と教えられることがある。

それまで何百年と人々を苦しめてきた不毛な大地を、たかだか十年で変えてみせようとは（当初の計画はもっと短かった）、何という途方もないことを考えついたものかと、ダム湖を眺めながら改めてため息が出た。ただの思いつきだけでも、また情熱だけで出来るものでもないということが肌で感じられる。ふと以前、大手ゼネコンの工事現場で働く人と話したときのことを思い出した。自分がどんな仕事をし、それによって人々の暮らしがどう変わったかを子どもに見せることが出来るのが一番の幸せだと、その人は語っていた。

上空から眺めたときの形状から、珊瑚《さんご》潭《たん》とも、また八田湖とも呼ばれるダム湖を見下ろす位置に、八田與一・外代樹《とよき》夫妻の墓がある。台湾風でも漢族風でもない、日本で見るのと同じ形状の墓石だ。一九三〇（昭和五）年、嘉南大圳を完成させた八田與一は、その後は台北に転居して次々に任務をこなしていたが、一九四二（昭和十七）年、「南方開発派遣要員」としてフィリピンへ向かうために乗っていた船がアメリカ潜水艦から魚雷攻撃を受け、撃沈、死亡する。享年《きょうねん》五十六。その後、八田の最愛の妻・外代樹は戦火を避けるために、子どもたちを連れて再び烏山頭へやってくる。そして敗戦を知った直後の九月一日未明、書き置きを残して夫が築き上げたダムの放水口に身を投げた。享年四十五。八田と同じく、やはり石川県の金沢出身だった外代樹は十六歳で八田の妻となった。そして、金沢とはまったく異なる環境の台湾へ渡り、夫と共に生ききったのだった。

　前日が八田の慰霊祭だったから、夫妻の墓石の周りには、まだしおれていない花がたくさん飾られて、おそらく普段からは考えられないほどに華やぎ、甘い香りを放っていた。だが、思った通り私たち以外の人はもういない。静寂の中で、私も墓前に花を供えて合掌した。技術者と若妻として、この土地で人生のもっとも輝かしい時を刻んだ二人を思った。夫妻の墓石の隣には「技師・中島力男氏分髪」と彫られた小さな石も建てられていたが、この人物については誰に尋ねても分からなかった。ただ、おそらくは、せめて髪の毛の数本だけでも構わないから八田の傍に埋めて欲しいと願った技師がいたことだけが察せられた。それもまた八田の人柄を偲《しの》ばせるものだ。
夫妻の墓石の少し手前には、八田與一の銅像が置かれている。烏山頭ダム完成翌年の一九三一（昭和六）年に造られたというから、おそらくはこの土地を去っていった八田與一を懐《なつ》かしみ、彼への感謝の気持ちをこめて造られたものだろう。その姿は、たとえば政治家や軍人のように厳《いか》めしい顔で構えているものではない。作業着姿で、工事の合間に山の斜面に腰を下ろし、やれやれと額の汗を風で飛ばしながら作業の様子を眺め、また新たな問題に思いを巡らせているような、当時としては珍しい自然な姿の像だ。

　この銅像も紆余《うよ》曲折を経ている。戦時中は寺の鐘などと同様に軍に供出されそうになった。戦後になると、今度は蒋介石《しょうかいせき》の率いる中華民国政府下で、台湾に遺《のこ》っていた日本統治時代の神社仏閣、顕彰碑などは軒並み破壊されていったから、そのとき、この像も壊されかかった。だが危険が迫るとその都度、地元の人たちによって密《ひそ》かに隠され、守り通されてきた。一九八一（昭和五十六）年、像はようやく現在の場所に戻され、それ以降はずっとダム湖を眺めている。設計当時はせいぜい五十年の耐用年数だろうと言われながら、今も十分に稼働《かどう》している自らの仕事ぶりを確かめるように。

風がわたる。木々がざわめき、滲《にじ》んでいた額の汗を飛ばしていく。桜の並木が続く堰堤から、丸みのある石を積んで造られた石段も当時のままだそうだ。

「八田先生と奥さんも、この辺りをよく散歩しました。この景色を眺めるのが好きだったそうです」

八田ばかりでなく当時ここにいた日本人は、この堰堤に立って日々着実に出来上がっていくダムを眺めながら、何を考え、どんな未来を思い描いていたことだろう。自分たちの国の一部となり、内地とは異なる速度とスケールとで変貌《へんぼう》を遂げていく南の島にいて、たとえば雪深い、または豊かな四季に彩《いろど》られる故郷の町や村を思い出すとき、どんな心持ちになったことだろうか。これだけ苦労を重ねながら、よもや、ダム完成からわずか十五年ほどで、島から撤退する日が来ようとは想像すらしなかったに違いない。ただひたすら明るい未来を信じ、自分たちと同じ国民になった人たちの生活の向上を夢見て、生命を燃やし続けていたのだろうと思う。

ダム湖から少し離れたところに、関係者が暮らした宿舎などの跡地が残っている。工事期間の十年という年月は、作業員たちが家族から離れて暮らすには長すぎる。そこで、八田與一の指揮の下で、ここでは作業員と家族が揃《そろ》って暮らせるだけの施設が整えられた。当時はこの地に学校から病院までが造られており、二千人の人たちが暮らしていたという。さらに、娯楽もない山奥だけに、映写会などを頻繁に行うなどの工夫がなされていた。そして、何よりも大きな特徴だったのは、ここで暮らす人たちには日本人も台湾人も一切の待遇の別がなかったということだ。子どもの頃から誰とでも分け隔てなく遊び、たとえ注意されても「同じ人間じゃ、何も変わっとりゃせん。変な目で見たら、誰でも変に見える」（同前）と応えたという八田與一らしい話だ。つまり、ある意味でこの集落は一つの目標に向かって突き進む人々のために八田が築き上げた、十年で消え去るユートピアだったのかも知れない。

　二〇一一年、この跡地は「八田與一紀念公園」として、建物の一部を保存する他、かつての官舎や宿舎を復元して、当時の様子を後世に伝える施設にもなった。教科書にも載っている八田の生涯を分かりやすく説明するアニメーションも流されている。台湾の子どもたちは「自分たちの暮らしを向上させてくれた人」として今も八田與一を慕っているという。

　復元された八田與一と外代樹が暮らしたとされる家の庭先では、大きな鯉《こい》のぼりが空を泳いでいた。

「八田與一先生は、大変な愛妻家でした。何しろ金沢から、こんな遠くの何もないところまで来てくれたんです。それも素晴らしく美人で、年の離れた奥さんですからね、もう可愛《かわい》くて仕方がなかったんでしょう。毎朝、まず起きたら自分でお湯を沸かして、コーヒーを淹《い》れてね、奥さんのところに運んであげるのが日課だったんです」

徐金錫さんは、まるでその目で見たかのように生き生きと語る。公園前の道路は、その名も「八田路」。故郷から遠く離れた地で眠る夫妻は、今やすっかり台湾の一部となり、嘉南大圳と共に、台湾の人たちの心に流れ続けていた。理由はまったく違うものの、私の祖父母も戦後は二度と故郷の土を踏まなかった。それぞれに、故郷を忘れたわけではないにせよ。この旅が一段落したら、私とも決して無縁ではないはずの石川県を訪ねてみようかと、ふと思った。

緑豊かな穀倉地帯が広がる嘉南平原（上）。烏山頭ダム完成の翌年に作られた、作業着姿の八田與一の銅像。奥には夫妻の墓石が立つ（下）。

「文創」が生み出すもの

台湾で使用されている文字といえば、漢字。それは誰しも知るところだが、私たち日本人が使っている漢字とも、また中国大陸で使われている漢字とも異なることは、意外に知られていないか、または気づいていない人が多い。

　中国大陸で生まれ、朝鮮半島や日本、台湾などに渡った漢字は、ことに二十世紀に入ってから、それぞれの地で独自の変化をとげた。まず日本では大正時代から日常的に使用する漢字として「常用漢字」が逐次、選定されるようになる。敗戦後はＧＨＱの占領下でそれまでの日本があらゆる角度から「解体」されたが、その中で漢字の廃止も検討された。とはいえ、いきなり全面廃止も無理だろうから「廃止するまでの間、当面の間は用いる」文字として「当用漢字」が選定されたのだった。「当用漢字」には、ＧＨＱから見て特に難解と思われる文字に代えて、俗字や略字が多く取り入れられた。この「常用漢字」「当用漢字」の選定によって、私たちが日常的に使用し、また印刷物などで目にする漢字は戦前に比べて圧倒的に簡略化された。例としてあげるなら、

與→与、學→学、氣→気、國→国、澤→沢

などがそうだ。無論、旧字の使用が禁止されたというわけではないから、今でも地名や人名といった固有名詞で生き残っている漢字はたくさんあるが、それでも、

塩＝鹽、鉄＝鐵、宝＝寶

などは、もはや書くどころか読めない人も珍しくない。

だが、ＧＨＱの日本語解体の目論《もくろ》見《み》は大きく外れた。終戦直後の調査でも日本国民の識字率は非常に高く、子どもでも年齢に応じて漢字とかなを使った文章を普通に読み書きしていたからだ。結局、日本人はローマ字を日常語として使用する国民にならずにすみ、やがて「当用漢字」という区別も廃止された。

一方、漢字のふるさとである中国大陸では、一九四九年に中華人民共和国が建国された後、漢字の簡略化が検討されるようになり、一九五六年以降いわゆる簡体字（正確には簡化字）が順次公布された。たとえば、

飛→飞、書→书、長→长、車→车、馬→马

など思い切った簡略化の結果、もとは同じ漢字でも私たちには読めない文字がたくさん生まれた。また、漢族が多いシンガポールも、独自の簡体字を使用している。

朝鮮半島ではハングルと漢字が併用されていたが、韓国においては一九七〇年から漢字廃止政策がとられたことにより、肩書きや人名などに一部漢字を残しているものの、基本的には学校でも漢字を教えていない。

そんな中、台湾では現在も昔ながらの漢字（繁体字）を使用している。いわゆる台湾語といわれる言葉は、もとは中国福建省の方言（閩南《ミンナン》語）だったことから、文字がなかった。「国語＝日本語」と定められていた日本統治（日治）時代が幕を下ろし、中華民国政府が「国語＝北京語」と定めたことによって、人々は北京語を学ぶことになり、同時に台湾語には北京語と同じ表記が当てはめられることになった。その結果、たとえば「你好（こんにちは）」という表記でも、ニーハオ（北京語）とリーホ（台湾語）のように発音が異なる。さらに方言だけに漢字表記では発音に合った文字がない場合は、新しい字も生み出されているようだ。つまり、本来は「表意文字」であるはずの漢字が「表音文字」の役割を果たしている。これは日本統治時代に取り入れられて、そのまま定着した言葉の表記にも取り入れられている。

天ぷら→甜不辣、大丈夫→逮就捕、頑張って→甘芭茶、おじさん→欧吉桑、おばさ

ん↓欧巴桑、とうさん↓多桑
などは、現在も台湾で普通に使われている言葉だ。いずれにせよ漢字の島なのである。それも、繁体字の。

「テストのとき、名前を書くだけで大変じゃなかった？ 鉛筆の減りが、すごく早いんじゃない？」

以前、台湾人の知り合いに尋ねてみたことがある。すると彼は「それが当たり前だと思ってますから」と笑っていた。目の前で、さらさらと「臺灣（台湾）」と書く青年を、私はそれだけで尊敬した。

そんな台湾は、実は「看板」の島である。どの街でも、商店街の大小にかかわらず、通りには看板が溢《あふ》れている。店の正面に掲げられる看板だけでなく、通りを歩いていても目につくように、いわゆる袖《そで》看板が見事にびっしり並んでいるのだ。日本の商業地域と比べて、数や大きさだけでなく、圧倒的に漢字が多いために、余計に迫力がある。それも、太筆で黒々と書いたかのような見事な楷書体《かいしょたい》のものが多い。もちろん、若者が集う繁華街などではデザイン性の高い看板が目立つものの、基本的には漢字の氾濫《はんらん》だ。

「多すぎますよ、看板が」

以前、嘆かわしげに呟《つぶや》いたのは、台南の黄秋月建築士だった。日本でも台湾でも、長く大学の教壇に立ち、現在も台南に残る日本建築の保存活動をしておられる黄秋月先生は、台南方面で日本統治時代の建築物などを見るときに、よくお付き合いいただいている。先生ご自身が長く住んでこられた木造の家も日本統治時代に建てられたもので、かなり傷《いた》みが激しかったが、最近になって古蹟《こせき》として認定された。

「あれだけうるさい看板を取り払ったら、まだ美しい街並みが残っているところがあるはずなんです。それが、あれでは何も見えません。人を呼びたいための看板が、まるで逆効果になっています」

台湾の京都といわれる台南でさえ、通りによっては看板の氾濫傾向は変わらないということだ。

もともと漢族系の人たちは、春節の飾りにも「福」「春」と書かれた赤い紙を上下逆さまにして貼《は》る（倒福・倒春）など、文字そのものが、ある種の「力」を持つと考えているように思う。どの家や商店でも、入口や家の中に様々な言葉や、場合によっては長い文章が書かれた赤い紙を貼っているのを見かけるし、寺院などでは柱に文字が彫られてもいる。もしかすると看板も、その流れなのではないかと考えたりする。

つまり、店名や会社名を大書することによって「力」を持つという考え方だ。もともと非常に現実的な部分があり、財運に恵まれることこそ人生の最重要テーマであるとするタイプの多い台湾の人々は、同時に様々な迷信を信じる人々でもある。そんな人たちにとっては街並みとか景観よりも、まずは「力」を持つ文字を掲げることこそが「富を生む」一番の近道と信じてきたのではないだろうか。

ところが最近、漢字が氾濫している街並みとは対照的に、実に「すっきり」した印象の商業地区が増えてきた。

まず筆頭にあげられるのは、台北市内でも最先端を行く信義《シンイー》新都心界隈《かいわい》だろう。海外の一流ブランドが入る複合ビルや高級ホテル、ショッピングセンターなどが建ち並ぶ風景は、ランドマークとなる建物の違いこそあれ、台湾だろうと日本だろうと、他のどこの国だろうとほとんど変わらない。

一方、無機的な印象の最先端都市とは対照的な「老街《ラオジェ》」と呼ばれる古い街にも「すっきり」している場所がある。文字通り古い街を指す老街は、いずれも一軒ごとの間口は狭くて奥行きが長い、いわゆる「ウナギの寝床」タイプの店舗兼住宅が長屋式に連なっている。道幅がひどく狭く、店先に商品が溢れかえっていて、老街というより市場そのものというところも少なくない。中には「老街」としての景観を保存しようとしているところもある。多くは煉瓦《れんが》造りだが、中には漆喰で塗装を施し、建物の最上部に屋号と共に意匠を凝らした装飾が見られるものもある。それらの老街に共通しているのは「亭仔脚《ていしきゃく》」の美しさだ。

台湾の強烈な陽射《ひざ》しや、突如として激しく降り出す雨から身を守るために、連なる家々が互いの軒先をせり出させて一定間隔ごとに柱で支えるアーケード風の「亭仔脚」は、現在の台湾でも健在だが、ことに老街の亭仔脚は趣がある。その下を歩いていると、最近の建築物に比べて天井も高くなく、さほど遠くまで見渡すことが出来ないために、余計な袖看板などを掛けることもなかったのだろうと気づく。

つい最近、台北市内の剝皮寮《ボービーリアウ》という地区に行く機会があった。ここは、台北でもいちばん古い街である艋舺《もうこう》（現在の万華《ワンファ》）にも近く、かつての街並みを修復・再現した一角で、テレビや映画などの撮影に使われている他、艋舺の繁栄ぶりや人々の生活などを分かりやすく学ぶことが出来る、教育施設的な役割も負っている。美しく修復され、なおかつ撮影にも使うのだから「すっきり」しているのは当然なのだが、街並みそのものに今の万華界隈からは想像もつかないほど落ち着いた趣があって、実に美しい。こういう家並みばかりが広がっていた時代の艋舺や龍山寺《ロンサンスー》界隈を見てみたかったとつくづく思わされる場所だ。

もちろん、実際に人々が暮らしている老街で「すっきり」している場所もある。ことに趣が感じられるのは、台北の近くなら桃園《タウユエン》市にある大渓《ダーシー》の老街、新北《シンペイ》市の三峡《サンシャア》老街などだろうか。大渓の老街は櫛《くし》の歯が欠けたように所々空き地になっていたり、かなり傷んでいる部分も目立つが、亭仔脚の柱も大理石風の円柱だし看板の氾濫もなく、最盛期はどれほど美しい街並みだったことかと思う。ただ、これも「看板」と共に台湾名物といえる「路上駐車」の車列が道幅を狭め、全体の景観をだいぶ損ねていることは否《いな》めない。台湾の駐車場事情、道路使用事情というものは一体どうなっているのだろうかと、いつも不思議に思う。

私が大渓を訪ねたのはそぼ降る雨の日だった。だが、亭仔脚のお蔭《かげ》でほとんど傘をささずにすむ。あちらこちら歩き回るうち、街外れに古い鍛冶屋《かじや》を二軒見つけた。片方は既に商売はしていない様子で、ただ戸口を開け放ち、降る雨を眺めるように椅子《いす》に腰掛けていたおじいさんがいた。目が合った瞬間に「こんにちは」と頭を下げると、その人は「日本人？」と表情を変えて立ち上がった。

「僕はね、国民学校の四年生まで、日本人でした」

日本語はほとんど忘れてしまったと笑いながらも、おじいさんの発音は実に自然で淀《よど》みがなかった。この古い街もかつて日本だったのだと、私はまた複雑な気持ちになった。もう片方の店は今もやっていて、町の鍛冶屋だから、せいぜい包丁や農具などを作っている程度かと思いながら覗《のぞ》いてみると、壁に原住民族が使用する刀がたくさん掛かっていて驚かされた。以前は「蕃刀《ばんとう》」と呼ばれた刀に彫られている蛇は、彼らにとっての神である。

一方、三峡老街は剝皮寮とよく似た、しかも現役の老街だ。もともと藍染《あいぞ》めの産地として栄えたこの土地は、すぐ傍に芸術性の高さで知られ、人々の篤《あつ》い信仰の対象となっている清水巌祖《せいすいがんそ》師廟《しびょう》もあることから、人気の観光スポットになっていて、私が行った日曜日も大変な人出だった。手入れが行き届き、亭仔脚も美しいこの老街では統一した基準で看板を掲げているため、やはり漢字は氾濫していない。

さらに「すっきり」している界隈といえば、日本統治時代の建築物を再利用している場所だろう。たとえば台北帝国大学（現在の台湾大学）の教職員たちの戸建て官舎が並んでいた青田街《チンティエンジェ》を歩いているとき、珍しく手入れの行き届いている古い日本家屋で、自由に入れそうな家を見つけた。だが、特に目立った看板のようなものは出ていない。

「これも文創ですよ」

知人が教えてくれた。

「文創」とは「文化創意」の略で、実は今、台湾で一大ブームとなっている。その定義とは「これまでにもあった素材や技術を生かしつつ、芸術品や生活雑貨、食品、設計、デジタルコンテンツなどといった分野で、新しい台湾文化と呼べる産業を生み出そうとする活動」といったものだ。それも民間レベルの話ではなく、台湾政府が「文創」を経済成長産業の一つと位置づけている。正式に「文創」と認められたものは政府の文化部が支援し、金融監督管理委員会が融資も行う。つまり「文創」は新たなビジネスチャンスにつながる活動であり、その一環として「もともとあったもの」である日本統治時代の建物の再利用が各地で始まっているのだった。

「ここは、えらい教授さんのお家《うち》だったそうです」

庭先に白梅の咲く日本家屋に入ってみると、中はギャラリーとカフェになっていた。間仕切りや床板などは取り払われている一方で、透かしの入った欄間や戸板などは部分的に残され、当時のものらしいランプや家具がアクセントになっている。そこに、絵が掛けられたり、ちょっとした食器や文具などが売られていた。

「どの分野でも、昔にはなかったデザインで、新しい価値を生み出そうとしているんです」

なるほど、どれを見ても懐《なつ》かしさを感じさせつつ、洗練された美しさを目指しているらしいことが分かる。遊び心を生かし、「ビジュアル」を意識する感覚は、漢字だけの看板を氾濫させてきた感覚とは、明らかに一線を画したものだ。そして台湾では今、どこを歩いていてもこの「文創」に行き当たる。様々な「文創」に触れるうち、この活動は単に商業目的というだけでなく、台湾という複雑な民族構成と、特殊ともいえる歴史を背負っている島の人々が、相当に強い意識で「独自の文化」を欲し、生み出そうとしている証拠の一つだと感じるようになった。

台北の「松山《ションサン》文創園区」「華山《ファーシャン》１９１４文創園区」は「文創」の象徴的な存在だ。前者はもともと日本統治時代の煙草《たばこ》工場跡、後者は酒造工場跡だった。それぞれに広々とした敷地を有しており、豊かな緑に囲まれて、往時の建物にアート工房、文具、食器、イベントスペース、レストランなどが入っている。台湾が背負ってきた歴史の一端を感じさせる日本統治時代の工場の景観を壊さないように配慮しながら、あらゆる角度から「新しい文化の創出」を目指している人が集まっている場所だ。今の台湾を感じたいと思うなら、ここへ行くのが一番だろう。

ところで「華山１９１４」の「華山」という名称は、初代台湾総督・樺山資紀の「樺山」からとったものだそうだ。日本人は台湾に様々な地名や道路名をつけたが、初代総督の名は当時、その功績を讃《たた》えるために町名にも駅名にもなっていた。それが中華民国の統治下になっても「樺」から木偏をとって生き残った。この工夫は、互いに漢字の国だからこそ出来たことと言えるだろう。

先日、久しぶりに「華山１９１４」に行った。すると、原住民族の文様や技術、生活用品などをモチーフにして現代風にアレンジし、商品展開している店が新しく出来ていた。漢民族とはまったく異なる、独自の文化や習慣、伝承を持つ原住民族の存在は、これから一つの大きな個性としてクローズアップされていくはずだ。

文創の流れに乗って、様々なルーツと背景を持ちながら一つの島で生きる人々が新しい何かを生み出そうとしている。その大きなうねりの中で、日本統治時代の建築物が再利用され、新たな息吹《いぶき》を吹き込まれつつある。今後、台湾の街並みは独自の美しさを持つ時代に入っていくのかも知れない。

「老街」と呼ばれる古い街並みには美しい「亭仔脚」（アーケード）が残る（上）。日本統治時代の建築物をギャラリーやカフェとして再利用（中）。台湾は「看板」の島（下）。

三地門郷で聞く日本の歌

「人間の生命は分からないものです。今度あなたたちが来たとき、わたしがまだここにおるかおらないか、分からないでしょう」

別れ際《ぎわ》、老人はぽつりと言った。小柄だが引き締まった体格。八十三年の人生を刻みつけた、まるで古武士のような風貌《ふうぼう》。人口三百九十八人というこの山間《やまあい》の集落で、八十歳以上の住民は十人のみだという。

台湾原住民族の一部族であるパイワン（排湾）族の暮らす三地門という村を訪ねたときのことだ。首を巡らせると、少し離れた高台に教会の十字架が見えた。この地域の人は誰もが熱心なキリスト教の信者だという。老人は「天に召される日」を常に意識しているのかも知れない。

現在、台湾で政府に公式に認められている原住民族は全部で十六ある。その中でも人口がもっとも多いのがアミ（阿美）族で約十五万。タイヤル（泰雅）族とパイワン族とが、ほぼ同数の八万二千人あまりで続く。この三つが台湾の三大原住民族と言われている。

パイワン族が多く暮らす地域は、サツマイモにもたとえられる形をした島の最南端に位置することから「台湾尾」とも呼ばれる屏東《へいとう》県。台湾第二の都市である高雄市に隣接する県北西部には平地が開けているが、他は南北に長く険しい山地が続く。三地門郷はその最北に位置する。ついさっきまで地マンゴーの畑などが広がる平地を走っていたと思ったら、川を渡った途端に急な坂道にさしかかり、うねうねと曲がりくねりながら上るうち、あっという間に霧まで立ちこめるようになった。道ばたから眺めると、さっき渡ってきたばかりの川が眼下に霞《かす》んで見えた。

パイワン族は古くから家屋や敷石などに粘板岩（スレート）を多用してきた。三地門郷には現代風建築の家に交ざって、今も平たい粘板岩を積んで造った塀や建物があちらこちらに見受けられる。代々、頭目を務めてきた家柄だという呂《ろ》來謀《らいぼう》さんの住まいは、丸石を使ってモザイク風に部族の伝統模様を描いた外壁を持ち、入ってすぐの物置兼作業スペースと思われる部屋からしてスレートの床だった。「近くでこの石が採れるのですか」と尋ねると「買ってきたんだよ」というあっさりした答え。自給自足の時代は遠く去った。

最初、その家の前で出迎えてくれた呂來謀さんは、「ニーハオ」と話しかけた私たちに「よくいらっしゃいました」と日本語で応《こた》えた。何度経験しても、こうして日本語を話す高齢者に出会うと、懐《なつ》かしいような悲しいような、何とも複雑な気持ちにさせられる。半世紀間だけ同じ国民として生きた人たちの、その間の人生とその後の人生を考えないわけにいかないからだ。

「日本語は小学校までです。『あいうえお』しか習っていません。もうほとんど忘れました」

けれども、と呂來謀さんは、ポケットから文庫本くらいの大きさの聖書を取り出して見せてくれた。日本語の活字がびっしりと並んでいる。その細かい文字を、老眼鏡なしにすらすらと読む。

足にひんやり感じる石の床に立って、まず目につくのはそこここに無造作に飾られた動物たちの頭蓋骨《ずがいこつ》だ。面長の頭蓋骨はヤギらしい。サルのものもある。台湾原住民族の多くは、かつては出草《しゅっそう》と呼ぶ「首狩り」の風習を持っていた。その目的は部族によって様々で、パイワン族の場合は「仇討《かたきう》ち、武勇の誇示、自衛などのため」（張良澤・上野恵司編『写真集FORMOSA《フォルモサ》 台湾原住民の風俗』白帝社）で、狩った首は頭目の家の前などに「首棚」を設けて並べた。日本が統治を始めた初期の写真には「首棚」にいくつものシャレコウベが並んでいたり、狩ってきたばかりの生首を脇《わき》に置いて酒を酌《く》み交わす男らが写っているものが多く見受けられる。

出草が廃《すた》れた後は、おそらく人の首の代わりに動物の頭蓋骨を飾ることが勇者の証《あか》しとなり、その家の地位を示すものになったのではないだろうか。他にも鷹《たか》の剝製《はくせい》や、キョン、イノシシなどの毛皮が、作業スペース一杯に針金で固定されていた。すべて呂來謀さんが山で仕留めてきたものだという。イノシシだけでもこれまでに三百頭は仕留めてきたそうだ。

「三地門の歴史を、地図にして描いてみました」

居間に落ち着くとすぐに、呂來謀さんは手描きの地図を出してきた。この地域に暮らすパイワン族の人たちは、かつてはもう少し離れたところに集落を築いていた。そこから何度か移動を繰り返して現在に至る様子が、矢印と色分けとで分かりやすく示してある。

ひと口にパイワン族といっても分布する場所やその地勢によって違いが生まれ、さらに細かい部族に分けられる。「平地に住んでいる者はおとなしいが、山地に住んでいるものは凶暴である」（同前）とあるが、その中で三地門郷の人々は「北パイワン」に分類されるのだそうだ。原住民族の中には幾度となく強制移住を余儀なくされた人たちが少なくない。だが三地門郷の人たちは、ずっとこの辺りに居住してきた。

「いちばん昔はここだったんです。それが部族同士で戦争になって。この辺りの人たちは、よく外からの敵にやられたんです。そこで、引越しました。それから強い人を呼んできて、一緒に戦ってくれと頼んだんです。もしも勝ったら、褒美《ほうび》として土地をあげる約束をしました。それでこの土地を用意したんです」

　これほど細かい説明になると、呂來謀さんの口からは、もう日本語は出てこなくなり、パイワン語と北京語とが入り交じる。パイワン語を北京語に訳してくれるのは呂來謀さんの甥《おい》にあたる男性だ。

「攻めてきたのはルカイ（魯凱）族です。ここのすぐ北にルカイ族がいて、この土地のパイワン族はルカイ族に色々といじめられたんです。そこで、別の土地からパイワン族の戦士を呼んできて、一緒に戦って、やっと勝ちました。そして、戦士たちに土地を与えました。でも、彼らは身分が違うし習慣も合わない、それでやっぱり一緒に住むのはやめて、今度はこっちに来たんです」

伝統的に厳格な階級制度があるというパイワン族の特徴が、会話の中からも垣間見《かいまみ》える。頭目・貴族・勇士・平民という身分は代々受け継がれてきたものらしい。地図に示されているような移動を繰り返したのは何年くらい前の話ですかと尋ねると、呂來謀さんはこともなげに「三百から四百年前のことでしょう」と応えた。

「そんなに昔のことなんですか！」

住んでいた人々の名前らしいものも細かく書き込まれているし、移転の理由も詳細に分かっている様子だから、せいぜい二、三代くらい遡《さかのぼ》った程度の話なのかと想像していたら。

「その頃のことからずっと、分かっているんですか」

「分かっています」

台湾の原住民族は、もともと文字を持たず、また民族ごとに言葉も異なっている。彼らはそれぞれに創世神話を持っており、自分たちの成り立ちや歴史を口伝によって次の代に言い伝えてきた。だから呂來謀さんが作成した地図というのは、おそらく幼い頃から何度となく聞かされて頭に染《し》みついているものを具体的に形に示したものだ。大変な記憶力だと感心する一方で、私は知人の言葉を思い出していた。台湾人の知人が以前、嘆いていたことがあるからだ。「自分たちには根っこがない」と。

「どんなに欲しくても、歴史というものは手に入らないでしょう？　歴史がない、つまり根っこがないということは、自分が何人なのか分からないということです。だから、『私は台湾人です』と言うだけの自信が持てないんです。日本人には分からないでしょう？　長い歴史があるから」

　胸を衝《つ》かれる言葉だっただけに、私の中にずっと強く残っている。けれど、ここに歴史があるではないか。これが台湾という島の背負ってきた歴史の一端だ。確かに現在、台湾に暮らす人の九八パーセントは漢族系の人たちであり、彼らの台湾における歴史そのものは、そう長いものではない。それでも、台湾としての歴史が何もないわけではない。今やたった二パーセントになってしまった原住民族の人々が、漢人の入る前から、この島で何を神とし、何を慈《いつく》しみ、何を習慣として生きてきたかを知ることは、台湾の「根っこ」の一つを知ることに他ならない。それぞれの原住民族が背負っている歴史の上に、大陸から移住してきた漢族の歴史が重なり、オランダやスペインや、そして日本統治の歴史が重なって、今の台湾は出来ている。

「呂さんが日本語を習っていた頃の学校は、もう残っていないんですか」

　ふと思いついて聞いてみると、一応は残っているという。だが、ここから一時間以上は山道を歩かなければ行かれない。車などまったく入れない上に、途中で川に架けられた長い吊《つ》り橋を渡らなければならないと言われて、行くのをあきらめた。険しそうなのは無論のこと、地元の人の足でそれだけかかるということは、私などが歩いたらどれくらいかかるか分かったものではない。その日のうちに台北まで戻らなければならなかった。

　居間には呂來謀さんの家族の写真が飾られている。中に、華やかな民族衣装を着た美しい女性の写真があった。

「パイワン族の人たちは恥ずかしがり屋で、あまり自分の感情を表さないんです」

　だから、気持ちを表したいときには歌を歌うのだそうだ。さらに、たとえば好きな女性が出来た男性は、彼女に特別な花を贈るといった形で意思表示をする。女性の方に応えるつもりがあれば、その花を頭に挿すが、その気がない場合には自分の母親にあげてしまう。何事についても深く考えるし、相手に直接、感情をぶつけない。

　そんなシャイで内省的な性格をかき消すように、服装の方は派手なものを好む。決め手は刺繍《ししゅう》と、トンボ玉や大小のビーズ、貝殻を多用する装飾。飾りが目立つように、生地は黒を選ぶ。刺繍は女の仕事で、基本的には他人に贈ったり売り物などにせず、ひたすら家族のためだけに伝統の柄を刺繍する。一方の男たちはカゴ、敷物などを編み、そして猟に出る。

そんな彼らが特別な日にかぶるという帽子を見せてもらった。女性用の帽子は何種類ものビーズやトンボ玉などを多用していてイノシシの牙《きば》がポイントとなり、てっぺんには鳥の羽根と百合《ゆり》の花が飾りつけてあった。

「ビーズも昔は作りましたが、今は買ってきます」

百合を飾るのは、もともとルカイ族の風習だったが、白い花が女性の純潔性を示す象徴となることから、自分たちも取り入れた。一方、男性の帽子は、何と言っても強さの象徴でなくてはならない。

「オスの鷹の羽根を使えるのは偉い人、頭目だけ。だから遠くから見るとすぐ分かります」

男性の強さは、これまでに狩ったイノシシの数で評価される。それもおそらく昔は出草によって狩った、人間の首の数だったものの転用だろう。呂來謀さんが見せてくれた帽子にはイノシシの頭部と尻尾《しっぽ》の毛皮が使用されており、大きな牙が飾られていて、見る人が見れば二百キロ以上はある巨大なイノシシのものと分かるという大きさのものだった。

「私は、日本時代は木川平録という名前だったんです」

パイワン族としての本来の名前はヴァルワルー。戦後、中華民国政府が入ってきて、呂來謀という名前が与えられた。

「お父さんの名前は北川健次。戦争のときは高砂《たかさご》義勇隊の第一期に行きました。三地門からは八人行って、五人帰ってきた。三人は海に沈みました」

親子で姓が異なるのは、何か理由があったのだろうか。

第二次世界大戦中、日本軍は台湾原住民族だけからなる「高砂義勇隊」を編制し、主に南方に派兵している。「山の民」は、以前は「生蕃《せいばん》」と呼ばれていた。それが一九三五（昭和十）年に改正された戸口調査規程によって「高砂族」と改称されていたことから命名された。彼らの言語はもともとオーストロネシア語族に属するためにインドネシア語やマレー語、フィリピン語とも近く、それらの地域の人々と何となくでも会話出来るために重宝だった。しかも山岳民族の彼らは方向感覚に優れており、夜目が利《き》く上に狩猟採集に長《た》けている。ことに敗戦が色濃くなり、南方のジャングルを敗走する事態に陥ってからの日本軍にとって、「高砂義勇隊」の兵士たちがどれほど役立ったか分からないという。日本統治時代、台湾の人たちは様々な部分で日本人から差別を受けたが、原住民族はその中で漢族からもまた差別されていた。それだけに「高砂義勇隊」に志願して大日本帝国の兵となり、晴れて「お国のため」に奉公することは、一足飛びに日本人らしくなれる、またとないチャンスだった。呂來謀さんの祖父は台湾総督府から「頭目章」も授かっている。その息子である「北川健次」という人物が高砂義勇隊の第一期として志願・出征したということは、頭目の血筋である彼がいかに誇りを失わず、一方で模範的な日本人として生き抜こうとしてきたかを示すものに違いない。

「あれがお父さんです」

居間に掛けられた額の中に、ひと際セピア色の写真があった。生真面目《きまじめ》そうな顔つきで短髪をきっちりと七三に分けた若い男性の雰囲気は、私たちも記憶している、かつての日本人そのままだった。

「ところで、こんな歌を知っていますか」

主食としている樹《き》豆《まめ》や紅藜麥《ホンリーマイ》などについて語り、普段も使っている弓矢を見せてくれ、ひと息ついたところで、呂來謀さんは胸のポケットから古い手帳を取り出した。どのページにもすべて手書きで日本語の歌詞が書かれている。『涙の渡り鳥』『月よりの使者』『あざみの歌』『三百六十五夜』『人生劇場』などなど。中でも呂來謀さんが好きなのは『サヨンの鐘』だという。

日本統治時代、出征する恩師を送る途中で川に転落死した原住民族の娘サヨンは「愛国乙女」と呼ばれて当時大きな話題となった。西条八十《さいじょうやそ》作詞・古賀《こが》政男《まさお》作曲の『サヨンの鐘』は渡辺はま子が歌ってヒットし、後に李《り》香蘭《こうらん》（山口淑子《よしこ》）が主演して映画にもなっている。映画は見ていたが、私は歌を知らなかった。すると呂來謀さんが一人でその歌を歌ってくれた。

「それから、こういう歌も」

呂來謀さんが次に歌い始めたのは「勝ってくるぞと　勇ましく」で始まる『露営の歌』だ。多くの日本人少年同様、いつか自分も国のために戦うことを信じていた軍国少年だったのに違いない。今やすっかりくたびれて綴《と》じが切れかかっている手帳の中から分かる歌を見つけては、私たちは、それからずい分長い間、一緒に歌い続けた。

「もしも生きておったら、また会いましょう」

山間の集落に暮らし、生涯を通じて三つの名前を持ってきた老人は、別れ際にそう言って手を振った。

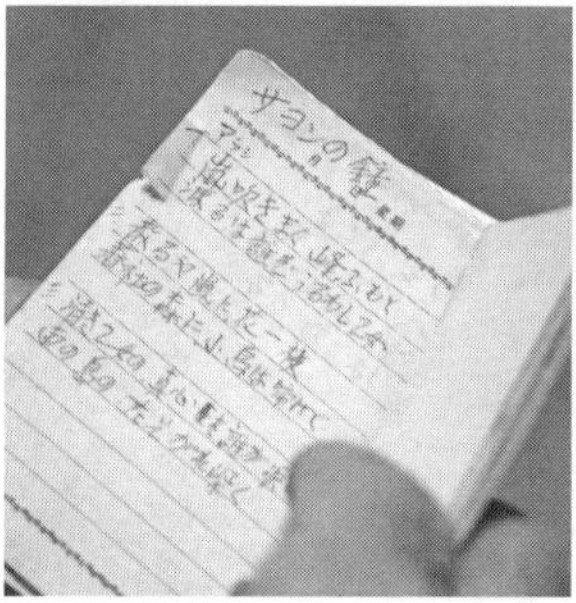

パイワン族の呂來謀さん（右上）。台湾最南端の山地、三地門郷（左上）。特別な日にかぶる〝イノシシ〟に彩られた帽子（右下）。呂來謀さんの手帳には手書きで日本語の歌詞が書かれている（左下）。

「帰れん港」と呼ばれた町・花《か》蓮《れん》

ゴミの散乱する空き地に、地面から生えているような古いポンプ式の井戸を見つけた。雑草を踏んで空き地に入り、ハンドルを握ってそっと上下に動かしてみると、意外なほど軽い手《て》応《ごた》えと共に清冽《せいれつ》な水がほとばしり出た。ポンプの胴体には「津田型」の文字。その上部には菱《ひし》形のマークと「ケーホー号」という文字も読めた。

涸《か》れてないんだ、今も。

陽の光を受けて、きらめきながら流れる水で自分の手を濡《ぬ》らしているうちに、かつてこの井戸水を受け止めていたはずのてのひらが思い浮かんだ。日焼けして節くれ立った手、指紋にも爪《つめ》の先にも土が入り込んだ荒れた手、小さいながらもマメの出来ている手。簡素な掘り抜き井戸の水は、果たして何人の汚れや汗を洗い流し、日々の暮らしを支え、どういった作物や家畜を育てていたのだろう。この井戸を囲んで収穫の喜びに笑い声を上げ、生活の音が溢《あふ》れたのは、どれほどの期間だっただろうか。花蓮県寿豊《じゅほう》郷。日本統治時代には「豊田《とよた》村」と名付けられていた。

一帯の道は碁盤の目のように規則正しく真《ま》っ直《す》ぐに通っている。道に沿って古い電柱の連なる景色の中に身を置いた瞬間、北海道にいるような錯覚に陥った。道内でも、主《あるじ》を失った家を発見することがある。荒れるに任せ、朽ちていくのを待つばかりの建物を見つける度に、いつでもある種の衝撃を受ける。ここも同じだった。人々の営みのすぐ隣に廃屋がある。生い茂る草木が、そこで誰かが暮らしていたという痕跡《こんせき》を丸ごと呑《の》み込もうとしている。北海道と異なるところがあるとすれば、今もこの地で暮らしている人の中に日本人はいないということ。そして、広がる農地の向こうに見えている山の表情が、北の大地とはまったく違うということだろうか。壁のように迫ってくる緑の濃淡も、山肌を覆《おお》う木々の表情も。

景勝地として名高い太魯閣《タロコ》峡観光への玄関口としても知られる花蓮県は台湾の東側に位置し、県としては島内で一番大きな面積を持つ。全体の九三パーセントは山岳地帯で、その大部分は島の脊梁《せきりょう》・台湾（中央）山脈。それと並行するように、太平洋に面して東岸（海岸）山脈が南北に走り、二つの山脈に挟まる格好で海沿いから内陸へ向けて細長く延びているわずか七パーセントの平野部に人口が集中している。日本統治時代には「花蓮港庁」と名付けられていた。もともとは原住民族・アミ族が暮らしてきた土地だ。そこに最初の官営移民村が築かれたのは台湾総督府が置かれてから十五年後の一九一〇（明治四十三）年。移住してきたのは徳島の人々だった。北海道への移民成績が比較的優秀だという理由から募集がかかったのだという。新しい村は、故郷を流れる川から取ったのか、「吉野《よしの》村」と名付けられた。私が掘り抜き井戸を見つけた旧豊田村は、旧吉野村から遅れること三年、一九一三年に正式に誕生した、やはり官営の開拓村だった。

　移住を認められるための条件は厳しかった。「永住の意志強固」「素行正しく」「身体強壮」で「既に一家を成し」ていることに加えて、多少の手持ちの金があることなどなど。もちろん受け入れ態勢は万全、道路は無論のこと教育施設や神社などは整備済みだし、飲料水や灌漑《かんがい》の心配もいらないと、いかにも期待を抱かせることがうたわれていた。

　もともと貧しいから、故郷にいても明るい未来などないと思うからこそ、新天地を夢見るのだ。そういう人々が、広大な農地、農具に肥料、家屋、風呂《ふろ》桶《おけ》まで無利子で貸与されると聞かされ、さらに「移住後四年目から十カ年年賦《ねんぷ》で納付させ、完済後に所有権を与える」（竹中信子著『植民地台湾の日本女性生活史・明治篇』田畑書店）とまで言われれば、誰だって期待に胸を膨らませるに決まっている。

だが、北海道開拓の現実と同様、ここも「聞くと見るとは大違い」だった。気候風土が違う上に当時の台湾はマラリアをはじめとする風土病が蔓延《まんえん》する島だ。しかも入植者たちに与えられた土地は開墾済みどころか「屋根より高いコワチン（鬼ガヤ）の打続く」上に「数丁ほどいくと刺竹で囲まれた藪《やぶ》の中に点々と見えるカヤ葺《ぶき》は蕃屋で、刺竹の密林は首狩り蕃人の防禦柵《ぼうぎょさく》で、道路脇《わき》には首棚もあると聞かされた」（共に同前）というのだから、落胆しただけでなく、恐怖も覚えたに違いない。鬱蒼《うっそう》と繁《しげ》る藪の中から、また、緑濃い山々のどこからか、自分たちの土地を奪われたアミ族の人たちの視線が痛いほど感じられたかも知れない。

現在ではいくつかの古蹟が残る他は昔の面影をほとんど感じさせない旧吉野村に比べて、旧豊田村は往時の風景がよく残っていると聞いていた。確かに日本家屋も多く残っており、それに手を加えながら住み続けている人も少なくない。それでも日本統治時代が終わってから七十年の歳月が流れて、戦後、新たに住み着いた人たちも既に年老いた。台湾も日本同様、高齢化と地方の人口減少に悩んでいる。小さな店の並ぶ通りで数人の老人に会った他は、いくら歩いていても誰とも出会わない。見かけるのは犬と猫ばかり。

四つ角に神社の鳥居が立っていた。鳥居そのものに「碧蓮《へきれん》寺」とプレートが張られている。

「昔は豊田神社といったそうです」

鳥居をくぐって真っ直ぐな道を行くと、見えてきた建物はなるほど台湾の寺院だ。だが、参道だったところには日本の石灯籠《いしどうろう》や「開村三十周年記念」の石碑が残っている。かつては本殿だった建物の左右に、実に素朴な狛犬《こまいぬ》がいた。いかにも素人《しろうと》くさい出来の、愛嬌《あいきょう》のある姿。台座に彫られた寄進者の文字にも、拙《つたな》さから伝わる味わいがある。職人などろくにいない開拓地で、当時の移民たちは何をするにも手分けして、見よう見まねでどうにか生活の体裁を整え、「日本らしい」風景を作りあげていったのに違いない。一対の狛犬が、この地を新たな故郷とし、骨を埋める覚悟で苦闘した日本人たちの見た、夢と幻を象徴しているようだ。

旧豊田村には、また「嘆きの壁」と呼ばれるものが遺《のこ》されていると聞いた。だが、滅多に人が通らないから道を聞くにもひと苦労だ。ようやく一軒の檳榔《びんろう》（噛《か》みタバコに似た嗜好《しこう》品）店を見つけて、昼間から檳榔と何かのドリンク剤で上機嫌になっている若者たちを尻目《しりめ》に、教えられた辺りを行ったり来たりして、ようやく探し当てた。

それは小さな日本家屋の前に立つ、今にも崩れそうなコンクリート製の外塀だった。年月による傷《いた》みが激しいために、もはや一見しただけでは分からないが、よくよく目を凝らすと「田」という文字が彫られているのが見えてくる。かつてこの家に住んでいた「田原」という人物が、出産直後に他界した妻の死を嘆いて、塗ったばかりのセメントの壁に自分の苗字《みょうじ》を書いたのだという。

何のために、花蓮くんだりまで来たのか。

少しでも家族が楽に暮らせるようにと開拓移民になったはずが、こんなことになってしまった。悔やんでも悔やみきれないことになった。名を書き記す以外、自分がこの土地で生きた証《あか》しすら残らないと思ったのだろうか。その絶望と悲しみも、時の中に風化しかかっている。

実際、その当時は「花蓮港は帰れん港」と言われていた。ただでさえ台湾東部は地の利が悪い。台北など島の西部から陸路をたどろうとすれば、ぐるりと海沿いに回り込まなければならないし、船を使ったとしても「花蓮港」には、まだ船着き場さえなかった。「見渡すところ波止場が無いから、上陸する所がない。一丈位の波を打ち揚げるのが見えるが、着く所がな」（池上秀畝《いけがみしゅうほ》著『台灣紀行・日治時代一位日本大畫家的台灣行脚』前衛出版社）かった。そのために「土地の労働をする者が大勢海へ這入《はい》って、船が岸へ寄せた時を見ては引っ張り上げる。これを何回も何回も繰り返して、サッと砂利の上に揚げる」（同前）という方法しかなく、したがって乗客も「靴ばきのまま片足は海水につっこんで上陸」（前出『植民地台湾の日本女性生活史・明治篇』）しなければならないという有様だった。

「浪《なみ》が荒くてゆカレン港（行かれん港）
米が高くてクワレン港（食われん港）
金がなくてハナレン港（離れん港）」（同前）

名前の優雅さとは裏腹の苛酷《かこく》な土地には、それでも続いて林田村が拓《ひら》かれ、やがて森林の伐採事業なども盛んになっていく。花蓮の中心地から四十キロ以上離れた「林田山林業文化園区」を訪ねると、そこもまた、重ね塗りされた時代が透けて見えるところだった。アミ族が守ってきた森は日本時代に拓かれ、そして戦後、台湾へと引き継がれた。

林田村は現在は鳳林鎮《ほうりんちん》と名を変え、主に客家《ハッカ》の人々が暮らしている。もともと団結力が強いことで知られ、集団で暮らす客家の人たちにとって、日本が土台を築き上げ、敗戦と共に空っぽになった集落は、そっくり移住するのにもってこいだったのかも知れない。彼らは教育熱心だ。「鳳林校長夢工廠《こうしょう》」をのぞくと、客家だけでなく日本時代からの、この土地の学校教育の歴史がパネル展示されていた。写真には、それぞれの時代を生きた子どもたちの顔が大勢写っている。この子たちはみんなどこに行ったのだろう。

時も、人も、すべてが夢のように流れていく。

そんなことをぼんやり考えながら歩いていると、ふいにヘルメット代わりに野球帽をかぶり、どこかへ向かう途中だったらしいお婆《ばあ》さんがスクーターにまたがったまま私たちの傍に停まって、私たちのガイドと何か話し始めた。

「このお婆さんの家が、日本人の残した家なんだそうです。よかったら中を見ていかないかって」

七十代の半ばくらいだろうか、愛想も良くないし、親切そうにも見えない人だった。だが私たちが精一杯の笑顔で礼を言うと、頷《うなず》きもせずにスクーターの方向を変えて颯《さっ》爽《そう》と走り始める。年齢の割に結構な飛ばし屋だ。他に通る車もほとんどない真っ直ぐな道を、お婆さんを追いかけてかなり車を走らせ、ようやく着いた家は、なるほど紛《まご》うことのない日本家屋だった。ただし、屋根から下の木造部分はすべてペンキで塗られて、玄関周りには赤い紙に縁起のいい言葉が書かれた春聯《しゅんれん》が何枚も貼《は》られ、窓には厳《いか》めしい格子《こうし》がはめられていたからちょっと見はそうと気づかないくらいだ。しかも「ものを捨てない」と言われる客家だけに、玄関前にも庭先にも、あらゆるものが散らばっていた。

「旦那《だんな》さんの、そのお父さんが日本人からもらったんだそうです。とても仲良くしていたので、友情の証しとして、自分の代わりに住んで欲しいと言われて」

　中に入れてもらって、思わずため息が出た。幼い頃によく立ち寄った農家にそっくりだ。太い梁《はり》が通っていて、土間の横の広い座敷には床の間（今は物置）があり、縁側（ここも物置）がある。押し入れの襖《ふすま》の柄さえ何となく見覚えがあった。欄間や地袋も懐《なつ》かしい。土間続きの台所には大きな竈《かまど》があって、傍に焚《た》きつけの小枝が積まれていた。

　オ爺《じい》サンハ山ヘ柴《しば》刈リニ。

　オ婆サンハ川ヘ洗濯ニイキマシタ。

　ふと、昭和一けた生まれの台湾人女性が話してくれたことを思い出した。子ども時代、公学校で日本語の読み書きを教わったときに何が嬉《うれ》しかったといって、日本の昔話を読めるようになったことほど嬉しかったことはないと。当時の台湾には、子ども向けの読み物など何一つなかったのに、日本は何と豊かなのだろうかと感じたのだそうだ。台湾の人たちが日本統治時代を全否定しないのは、そういう部分もあるからだ。インフラばかりでなく、友に家を残し、子どもたちにはおとぎ話を残した。もしかしたら、今もこの家のどこかに日本の絵本が残されているのかも知れないと思いながら、それにしても日本に戻ったこの家の人たちは、その後どうなったのだろうかと考えずにいられなかった。

そのお婆さんの年齢でも、日本人がいた当時の花蓮は知らない。だが舅《しゅうと》から話は聞いていた。日本人が引き揚げて国民党が入ってくると、まず回ってきた役人は、意味もなくこの家を取り上げようとしたのだという。それが嫌なら金を払えと言われて、なけなしの現金を持っていかれた。日本人にも色々と問題はあったけれど、「日本人は強盗のような真似《まね》はしなかった」と舅はいつも繰り返していたそうだ。

お婆さんは別れしな、私たちに大根の塩漬けを持たせてくれた。客家の人たちは野菜の切れ端も捨てずに、必ず何かしらの利用法を考えるのだそうだ。瓶にぎっちりと詰められ、古新聞でくるまれた塩漬けを手に、私たちは最後までにこりともしなかった親切なお婆さんに別れを告げた。

同じ鳳林鎮では「町おこしツアー」のようなことをしている人たちも見かけた。新たに人を呼び入れるには、まず花蓮の魅力を知ってもらう必要がある。そのために希望者を募って自転車で市内を回り、定期的に農業体験や郷土料理作りなどを企画しているのだという。

「最近は、台湾でもスローライフを目指す人が増えてきました。都会の暮らしに疲れて、もっと違う生き方を探す若者が出てきています。今、花蓮で新しいことに取り組もうとしている若者は、実は地元出身者ではなく、台北などの都会から移り住んできた人たちなんです」

　花蓮市内で古い日本家屋を利用したギャラリーに立ち寄ったときには、そんな話を聞いた。移り住んできた若者たちがグループを作り、地元農家や原住民族たちの協力を得て、昔からの知恵を再発見すると共に、新しい花蓮を作ろうとしているのだという。ギャラリーの斜向《はすむ》かいには、原住民族の人形や「蕃刀《ばんとう》」と呼ばれた刀、原住民族たちが部族ごとに持っているという図柄を取り入れたレザークラフトを作る店があった。「文創ブーム」ということもあるのだろうが、確かに今、若者たちは懸命に新しい道を模索し始めている。

　その晩、ちょうど最終日だというランタン祭りの会場に行ってみた。様々な学校や団体が作ったランタンは、青森のねぶたを連想させるものだったが、広々とした展示スペースも露店の並ぶ一角も、人の姿はすっかりまばらで淋《さび》しいことこの上もない。どれほどの会期だったか知らないが、最後まで十分に集客し続けるだけの力が、まだこの街にはないのだろう。最後まで残って遊び回っているのは、どうやら地元の子どもや若者だけのようだ。食べ物を売る露店の看板には「原住民」の文字が多く目につく。実際、私たちも食事の度に海鮮料理、客家料理、原住民族料理と、いつも異なる味を楽しんだ。客家料理店ではどんな食材も無駄にしないことを教えられ、また原住民族料理店では竹筒で蒸した糯米《もちごめ》やイノシシ料理など、一般の台湾料理店では味わえないものを楽しんだ。また土産物としては原住民族の「餅《もち》菓子」も有名だ。

台北へ戻る前、港に寄ってみた。漁港でも水は青く澄み渡り、小さな魚の群を狙《ねら》って中くらいの魚もたくさん集まっている。魚にエサを撒《ま》きながらひなたぼっこをしていたお爺さんは、私たちが日本人だと分かると実に嬉しそうに、今、息子が日本に行っているのだと話してくれた。

「マラソンに行ってるんだ。日本が大好きなんだよ」

今も工事の進んでいる花蓮港には長い防波堤が延びて、どこまでも穏やかな太平洋は光に満ちていた。

台湾東部に位置する花蓮県。寿豊郷（旧豊田村）には日本統治時代の風景が残る（上）。台湾寺院の石灯籠（中）と狛犬（下）。

出逢《であ》いと別れを繰り返す「雨港」——基隆《キールン》

基隆と書いて「きーるん」と読むことを、いつ学んだのか記憶がない。それが台湾の港町であることも、気がついたときには知っていた。もしかすると幼い日、大人たちが話しているのを傍らで聞いていて、自然に聞き覚えたのかも知れない。誰がいつ、そんな話をしていたのだったろうか。

　その基隆の港を見下ろす高台の公園に来ていた。台湾の北部である。厚い雲が低く垂れ込めて、ひどく蒸し暑い日になった。傷《いた》みが目立ち始めている大きな布袋《ほてい》さんや巨大観音像、金色の向かい獅子《じし》に、龍《りゅう》の子である贔屓《ひき》が支える石碑などが、かなり脈絡のない印象で、でん、でん、と配置されている中正公園は、人影まばらどころか、私たち以外誰もいない。小さな売店の店先では、台湾ならコンビニでもどこででも売っている茶葉蛋《チャアイエダン》（お茶卵）が大鍋《おおなべ》に山盛りのまま、いつ来るとも知れない客を待っている。見かけるのは鳩《はと》と、鳩に狙《ねら》いを定めようとする猫ばかり。高雄に次ぐ台湾第二の港町を一望出来る公園にしては、意外なほど寂れていた。

「再開発に乗り遅れたんです。見てご覧なさい、街はとっくに飽和状態で、もう手のつけようがありません。新しいものが入る余地がまったくないでしょう。この公園だって、今どきこれでは若い人たちは集まってきませんよ」

案内してくれている人が言った。

港は軍港を兼ねていて、狭い港内を軍艦とコンテナ貨物船ばかりが往《い》き来《き》していた。そんな港を取り囲んでいる街は平地が少なく、すぐに傾斜地が迫っている地勢のために、ひな壇式に建物が密集していて、それらのどれもが古びているのが遠目にも見て取れる。山の向こう側から三本の煙突がにょっきりと見えていた。火力発電所があるという。

「大陸からの密航者は、あの三本の煙突を目印にして、ここまでたどり着くんだそうです。煙突のすぐ横には『オランダ城』とも呼ばれている砲台の跡があります」

不法入国者は、今も後を絶たないのだそうだ。つまりこの街は過去から現代に至るまで、常に予期せぬ来訪者に見舞われ続け、同時に本人の意志とは無関係にこの島を去っていく人々を見送り続けてきた土地なのだった。

もともと天然の良港だったこの地にスペイン艦隊が上陸したのは一六二六年のこと。既に台湾南部はオランダが支配下に置いていた。貿易の中継地として、また新たな植民地として、オランダが台湾から莫大《ばくだい》な利益を得ているのを、ただ指をくわえて眺めていてなるものかとばかり、彼らは北部からの占領を目指す。当時は鶏籠《ケイラン》と呼ばれていた基隆に上陸し、「サン・サルバドル要塞《ようさい》を構築した」（伊藤潔著『台湾』中公新書）。続いて滬尾《フーボエ》（現在の淡水）までは占領するものの、原住民族らの抵抗、マラリアをはじめとする風土病、台風による輸送船遭難などに悩まされ、さらにオランダとの攻防にも敗れてしまい、結局は台湾から去る。占領期間は十六年間と短かった。だがその間に、彼らはカトリックや西洋医学をもたらし、また、労働力として中国大陸から多くの人を移住させた。それらの足跡は、すべて根づいたことになる。

時代と共に、港として徐々に体裁を整えていった基隆が再び歴史の表舞台に登場するのは、それから二百五十年ほど過ぎた頃だ。ベトナム領有を巡って清国とフランスとの間で起こった清仏戦争（一八八四〜一八八五）に際して、清の統治下にあった台湾も攻撃にさらされることになった。

一八八四年四月、フランス軍は「艦隊を基隆に強行入港させ」たのをはじめとして、同年八月にも基隆に上陸して「砲台を破壊、市街地を威嚇《いかく》行進」し、さらに翌月、またその年の暮れから翌年にかけても「基隆周辺への攻撃を繰り返した」（すべて同前）というから、相当にしつこい。この戦争のときに破壊された砲台というのが、おそらく前述の「オランダ城」なのだろう。砲台は、日本統治時代も改修を加えながら使用され、太平洋戦争時には基隆要塞重砲兵連隊が置かれた。現在は「白米甕砲台《バイミイウォンパアオタイ》」と呼ばれている。

　ところで一八八五年というと、日本が台湾統治を始めるわずか十年前のことだ。つまり清という国は、フランスとの戦争から十年も経ずに日清戦争に突入し、その結果として台湾割譲にまで追い込まれたということになる。それ以前も一八四〇年代には阿片《アヘン》戦争、一八五〇年代にアロー戦争を経験していることを考えると、十九世紀の中国大陸が、いかに戦争に明け暮れていたかが分かる。戦《いくさ》は多くの生命を奪うばかりでなく、土地を荒廃させ、人心を疲弊させる。だからこそ困窮を極めた人々の多くが、危険も顧みずに新天地を求めて台湾に渡ったとも言えるのではないだろうか。ことに清国は、漢民族ではなく満州族の建てた国だ。オランダを駆逐した、かの鄭成功《ていせいこう》にしても、当初は明の復興を目指していたからこそ、この台湾に渡ってきた。

　清仏戦争によって戦死したフランス軍兵士の墓があるというので、案内してもらうことにした。勝手に攻め込まれて、さぞ迷惑を被《こうむ》ったに違いないのに、それでも異国の地で生命を落とした戦士たちがいれば、やはり哀れに思い、懇《ねんご》ろに弔ってやろうとするのが台湾の人たちの優しさだ。

港から比較的近いところに「基隆法国公墓」はあった。公園墓地風になっているが、ここも他に人の姿はない。それでも市の古《こ》蹟《せき》として認定されているから、一応の手入れはされている様子だ。墓石の多くに、「一八八四」「一八八五」という年号が刻まれている。中には下部が中国風寺院の形、上部の十字架を彫ってある部分がオベリスク風デザインになっているものもあった。この、いわゆる「ちゃんぽん文化」も台湾の大きな特徴の一つだ。多様な民族が交錯し、時代に応じて様々な文化が入り込んで形成された特徴が、早くもこの時代から表れていたということになる。

それにしても、ただでさえ蒸し暑い上に、樹木が鬱蒼《うっそう》と繁《しげ》っているものだから、ヤブ蚊が多くてたまらない。ひっきりなしに特有の羽音が耳元をかすめていくし、ちょっと油断していると、服や靴下の上からでも、あっという間に何カ所も刺されるのには閉口した。台湾の蚊は、日本の蚊よりも飛ぶのが速い。その上、何しろ刺されるといつまでもひどく痒《かゆ》いのだ。ここでも、涼しい顔をしているのは猫ばかり。彼らが気ままに乗り越える塀のすぐ向こうには集合住宅があって、ベランダにたくさんの洗濯物が干されていた。これほどの湿気でちゃんと乾くものかと気にかかる一方、自宅の窓から見える景色がフランス兵士の墓地というのはどんな気持ちだろうかと想像しながら、私は首筋でも腕でも、とにかくぴしゃぴしゃと叩《たた》き続けていなければならなかった。

フランス軍から攻撃を受けた十年後、基隆は日本を迎える。一八九五年五月二十九日、台湾制圧に際して基隆の東南東に位置する澳底《オウテイ》から上陸した日本軍は、「沖からの艦砲射撃の支援もあって」（同前）六月六日に基隆の占領に成功したというから、このときも基隆は爆撃を受けたことになる。一番乗りを果たした近衛《このえ》師団長・北白川《きたしらかわの》宮能久《みやよしひさ》親王の石碑があるから「ついでに」と案内された。

そこは、車もあまり通らない道路に面していた。基隆市によって「歴史建築・北白川宮能久親王紀念碑」というプレートが掲げられている、建物と建物の隙間《すきま》のようなところを入っていくと、すぐ背後に岩山が迫っている中途半端《はんぱ》な空間に、その石碑はあった。

「ははあ、これが」

歩み寄って言いかけた瞬間、思わず言葉に詰まった。正面に刻まれていたはずの文字がない。その部分だけが削り取られているのだ。何の覚悟もなく、目をくり貫《ぬ》かれ鼻をそぎ落とされた人の顔と向き合ったような気分だった。親王云々《うんぬん》というのでなく、文字に代わってそこに刻まれた強烈な悪意の方が、強く感じられてならなかった。

　近くにはこの石碑の、日本統治時代に写されたものと表面が削り取られた後のものの二枚の写真がパネル展示されていたから、間違いなく以前はそこに北白川宮能久親王の名が刻まれていたと分かる。その他に、親王の経歴と写真なども掲示されていたが、そちらもやはり、親王の顔の部分が誰かの手によって傷つけられていた。日本人へのあからさまな憎悪《ぞうお》が、そこにあった。台湾を旅していておそらく初めてそれを明確に感じさせられた。

　そうなのだ。

　この島には、たとえ敵兵であっても弔ってやる気持ちを持つ人々と、それとはまったく異質の存在とが混在している。これが、戦後の台湾が持つ複雑さの大きな要因だ。日本の敗戦によって台湾には蔣介石率いる国民党が入り、日本が五十年間に築きあげたすべてのものを接収した。彼らが一九四七年二月末日までに、土地を除いて接収した財産は「①公的機関五九三件、二九億三八五〇万円、②民営企業一二九五件、七一億六三六〇万円、③民間の私有財産四万八九六八件、八億八八八〇万円」（前出

『台湾』）という莫大なものだ。その一方で、彼らは日本人が遺《のこ》した神社仏閣や記念碑などの類《たぐ》いは、ことごとく破壊するように命じた。つまり当時の国民党は日本が残した財産はすべて自分たちのものとする一方で、台湾が日本の一部だった歴史や記憶は塗りつぶそうとしたのだった。この石碑も、そのときに国民党軍の兵士か、または軍に命じられた人々によって、文字の部分だけをはぎ取られたものかも知れない。

　ところで、豊島与志雄《とよしまよしお》の『台湾の姿態』（一九四二・昭和十七）に「台湾夫婦の基隆別れ……という俚諺《りげん》」があると出てくる。港は、何も戦の舞台になるとばかりは限らない。基隆では、内地へ戻っていく男性と、いわゆる「現地妻」的存在だった女性との別れが日常的に繰り広げられていた。

　日本が台湾を統治していた、ことに前半は、台湾の衛生問題や治安問題を心配して、家族を伴わず単身で渡ってくる男性が多かった。すると、それに呼応して男性を相手にする商売が増える。芸者や酌婦、売笑婦と呼ばれる女性たちが海を渡ってきたのは、ごく早い時期からのことだ。無論、台湾人や朝鮮人にも、同様の女性はいた。独り身の男と寄る辺のない女があるとき出逢い、かりそめの夫婦のように暮らすことも珍しくはなかったろう。だが、官吏や商社勤めには転勤がつきもの。男はいずれ内地へと旅立ってしまう。

「また逢えるさ」

「本当？　きっとよ。いつ？」

「いつか」

などというやり取りもあったかも知れない。基隆は雨が多いことから「雨港」とも呼ばれていた。遠ざかる船をいつまでも見送る女の涙が雨にとける、そんな情景が思い浮かぶ。やがて、太平洋戦争が勃発《ぼっぱつ》、基隆も空襲を受けることになる。沖まで来ていた船が撃沈されることも多く、民間人の犠牲者も増える一方だった。そして、敗戦。

一九四五年の暮れから始まった引き揚げで、台湾に居住していたおよそ三十一万人の日本人は、基隆と高雄からそれぞれ日本へ戻っていく。台湾での暮らしがどれほど豊かだったとしても、彼らは等しく「所有していた不動産を没収され、ただ身の回りの品々と、１０００円を上限とする日本円しか持ち帰れなかった」（周婉窈《しゅうえんよう》著『図説台湾の歴史』平凡社）。南国とはいえ、ことに暮れから年明けにかけて降る雨は意外なほど冷たく骨身にしみる。「雨港」を後にする日本人たちは、台湾の最後の姿として、どんな風景を記憶に刻んだことか。

一方、見送る台湾人たちの胸のうちも複雑なものだった。人によってははっきりと「見捨てられたと思った」と言う。確かに植民地として、差別に苦しめられた人は少なくない。ことに皇民化が叫ばれるようになってからの圧力は相当なものだった。それでも半世紀の間に、多くの人々は自分を日本人だと思い、戦況が悪化するにつれ、良くも悪くも内地の日本人と同じ扱いを受けることに誇りを抱く人も少なくなかった。それが、八月十五日を境に、内地人は「敗戦国」の人間となり、自分たちには「光復」が訪れる。ところが、その喜びに浸ったのも束《つか》の間《ま》、新たな苦難が降りかかってくる。それも、自分たちが長年心の故郷として常に懐《なつ》かしんできた「唐山」の人々によって。日本人たちが引き揚げる頃には、新たな不安は既に現実のものとなって、台湾の人々の上に暗く覆《おお》い被《かぶ》さり始めていた。

日本人の引き揚げが始まるおよそ二カ月前の十月十七日、中華民国の「国民党軍二個師団一万二〇〇〇余と官吏二〇〇〇余名が、米軍機の護衛のもと三〇余隻《せき》の米国艦船に分乗して」（前出『台湾』）基隆港に到着した。台湾の人たちは、彼らを熱烈歓迎するために全島から集まったという。ところが、下船してきた国民党軍の姿は「彼らのよく知る日本の軍隊のそれとはまったく異なっていた。隊列もばらばらで、見るからにみすぼらしく、全員が背中に雨傘を背負い、鍋や食器、寝具を担《かつ》いでいる者」（前出『図説　台湾の歴史』）までいた。こんな人たちに日本軍は負けたのだろうかと、台湾の人たちは等しく首を傾《かし》げ、またひどく落胆したという。

「ゲートルも満足に巻いていないんです。着るものはぼろぼろで不潔そのもの、意地汚くて字も読めない。水道というものさえ知らないんだ。蛇口だけ買ってきて、その辺の壁に挿し込めば、水が出てくると思い込んでいた」

　今も多くの人々が、基隆から上陸してきた国民党軍について生々しく語り、ときにあきれ顔で笑う。実のところ、そのとき上陸してきた兵士の多くは、国民党軍によって拉致《らち》同然に兵にされた農村の若者だったというのだから、ある意味で仕方がなかった。だが、そんなことを知らされていない台湾の人たちは、彼らの身なり、行動、すべてに絶望した。それでも基隆は彼らを受け容《い》れなければならなかった。

　一九四九年、国共内戦に敗れた蔣介石が台湾に移ってくることによって、現代に通ずる台湾の姿がほぼ決定的となる。それに伴って張学良《ちょうがくりょう》（一九〇一～二〇〇一）も連れてこられ、軟禁されていた施設が基隆に残されていることは、あまり知られていないようだ。

　日本の関東軍によって爆殺された張作霖《さくりん》の息子であり、蔣介石に次ぐ実力者とされていた張学良は、一九三六年に反逆罪に問われて逮捕、監禁され、そのまま台湾に連れてこられて軟禁、その期間は、李登輝総統によって事実上解放されるまで実に五十年以上にも及んだ。施設跡は、壊れかけた門に鎖が巡らされていて、今も軍によって管理されている。最晩年はホノルルに移住して百歳まで生きた人物にとっての基隆とは、どんな土地だったのだろうか。

　ところでつい最近になって母が、戦前、自宅に台湾人の留学生が下宿していたことがあると言い出した。近所の音大でピアノを習っていた女性だそうだ。母を可愛《かわい》がってくれたという。もしかすると彼女の話題が上ったことで、私は「基隆」を覚えたのだろうか。その人のことをぜひ知りたいと思ったが、母はもう彼女の名前を覚えていない。

台湾北部に位置する港町・基隆の中正公園（上）。港には軍艦が往き来し（中）、傾斜地には建物が密集している（下）。

夕暮れの似合う街・台南ふたたび

初めて台湾を訪れるという人から「おすすめの場所は」と尋ねられるとき、私は必ず国立台湾歴史博物館と答えることにしている。台南郊外にある、比較的新しい博物館だ。

すぐそばを、八田《はった》與一《よいち》によって一九三〇（昭和五）年に完成された嘉南大圳《たいしゅう》の水路の一本が流れている。全体を台湾歴史公園と名付けられた敷地内には、人工とは思えない二つの湿地池があって水鳥たちの憩《いこ》いの場となっており、また緩やかな丘なども築かれているという環境だ。二〇一一年オープンと新しいだけに建物そのものもモダンだが、何といってもその展示方法に様々な工夫が凝らされている。常設展は「この土地、この民―台湾の物語」をテーマとして実物大の模型や人形などを多用し、台湾という島が歩んできた歴史が順路に従って進んでいくだけで自然に頭に入っていく仕組みだ。

台湾海峡を越え、時にはジャンクの船底にひそんで密航してきた漢民族系の人々や、十六、十七世紀にやってきたオランダ人・スペイン人が、それまで独自の文化を守り続けてきた原住民族たちにどんな影響を与え、文字を持たない彼らから土地を巧みに奪い、時として漢化させていったか。そうして島に定着した人々は、どのような祭りや風習を持ち、鄭成功の時代を経て清の統治下を過ごし、やがて日本の植民地時代を迎えたか。日本統治時代は何を受け容れ、どう変化していったのか。さらに日本の敗戦後は蔣介石の率いる国民党政府が入ってきて白色テロの時代を乗り越え、現代に至るまで。全体に堅苦しさや理屈っぽさは極力排除して、遊び心や悪戯《いたずら》心も随所に見られることから、幼い小学生でも十分に楽しみながら学べるように工夫されている。

台北の故宮《こきゅう》博物院ももちろん素晴らしい。だが、あそこに展示されているものはすべて、国民党政府と共に中国大陸から渡ってきたものだ。どれほど目を皿のようにしたところで、台湾そのものの歴史に触れることが出来るわけではない。さらに言えば、今でこそ台湾と言えば小籠包《しょうろんぽう》、小籠包と言えば「鼎泰豐《ディンタイフォン》」と言われるが、もともと小籠包発祥の地は上海と言われている上に、日本にも出店している有名店「鼎泰豐」の創業者自身が中国山西省の出身で、中華民国政府が台湾に移ってきた後に「鼎泰豐」

を創業している。つまり台湾に行って小籠包を食べ、故宮博物院に行っただけでは、まるで台湾に触れたことにはならない。さらに、たとえば中正紀念堂に足を延ばしても同じことだ。一時間ごとに衛兵が交替し、他とは異なる独特の緊張感を味わうことの出来る巨大な蔣介石像の置かれた紀念堂が伝えるものは中華民国の歴史であって、「台湾」という島の歴史ではない。だが多くの日本人はそれらを見て、あとは足裏マッサージを受け、夜市でも覗《のぞ》いてくれれば「台湾」を見たと思ってしまう。

知らないということは、そういうことだ。

旅をして、ことに日本から離れてみてつくづく感じることは、何といっても教育の大切さだ。私たちの世代は、台湾がかつて日本の植民地だったことさえ学校の授業できちんと習っていない。そればかりでなく現在の日本に至る、もっとも大切な近現代史全般について、学校教育の場では実に短い時間しか割かれてこなかった。そこに大きな問題がある気がしてならない。

つい百五十年ほど前までは丁髷《ちょんまげ》姿で、「士農工商」の仕組みの中で生きていた日本人が、どんな状況下で国を開く決断に迫られたのか。二百六十年以上も続いた徳川幕府の時代に区切りをつけて政治の仕組みそのものを変え、以降、西欧列強と肩を並べるべく、どんな思いで近代化に突き進み、その一方でかつての日本の姿を振り捨ててきたか。そこまで遮二《しゃに》無二《むに》猛進しなければならなかった理由はどこにあったのか。その結果として何を得て、何を失ったのか。そうして歩んできた道筋での、台湾や中国、朝鮮半島、他のアジア諸国との関わりとは何だったのか。それらのすべてが現代につながっていることについて、私たちはあまりにも無知だ。

台湾は、そのまま日本を知る重要な糸口となる。戦争を知らない世代が大半となった、現代の日本人がまともに教えられてこなかった日本の歴史を、私たちは台湾で見ることになる。同時に、日本統治時代を含めて断片的に聞いても混乱しそうなほど複雑かつ多面性を持つこの島の輪郭を知ることは、そのまま「世界にとってのアジア」を見ることにもつながっていく。台湾は、かつて一度として独立国家であったことのない島だ。今も国連には加盟しておらず、「世界の孤児」とまで言われるのは、なぜなのか。そのことを、私たちは知らなければならない。

国立台湾歴史博物館はいかにもモダンな建物だが、「台湾の京都」とも言われる台南は、もともとオランダ人の築いた「安平古堡《こほ》」「赤嵌楼《せきかんろう》」や、鄭成功の息子・鄭経《ていけい》が開いた台湾最古の「台南孔子廟《びょう》」、そして日本が統治時代に築き上げた街並みなどが混ざり合うことで、他にない独特の趣を醸《かも》し出している古都だ。一時期、日本でブームになった「レトロ」という言葉に代表される、明治大正期の日本の街角に迷い込んだような錯覚に陥ったかと思えば、路地を曲がったところには地元の人がお参りを欠かさない道教の廟があり、字面《じづら》から何となくニュアンスくらいは分かってきそうな繁体字の看板が並んでいて、やはり外国なのだと感じさせられる。日本でさえ滅多に見かけないような、お祭りの屋台で売られているお面ばかりが並ぶ店があるかと思えば、南国らしいトロピカルフルーツを食べさせる店があり、ごく普通の商店で働いている若者が、当たり前のように「どうぞご覧下さい」と上手な日本語で話しかけてきたりもする。

　こうした「古都」としての台南には、夕暮れ時が実によく似合う。この街にいると、陽が傾いてから日没までの時間が他の土地よりも長いように感じるのはなぜだろう。同じ台湾でも台北とはまるで異なり、北回帰線より南に位置するからなのか、それとも熱帯の地にあって、何もかも焼き尽くすような強烈な陽射《ひざ》しがようやく和らぐひとときが、一日のうちでもっとも貴重に思えるからだろうか。

　ある日の夕暮れ近く、孔子廟に寄ってみた。

「母がね、ここでよく遊んだって話してたんです」

同行していた編集者が言った。

既に故人となられている彼女の母上は台湾生まれのいわゆる湾生《わんせい》で、終戦と共に高雄から引き揚げてきたのだそうだ。当時その母上が通っていたという「第一高等女学校」は「国立台南女子高級中学」となり、他にもミッション系の私立「長老教女学校」も現在では「私立長榮女子高級中学」という名称になって残っている。その敷地内には一九二三（大正十二）年に建てられた校舎が残っていた。もとは赤煉瓦《あかれんが》に白漆喰の、当時の最先端を行くモダンな建物だったのに違いない。今は上から塗装されているのが残念だが、このまま老朽化に伴って取り壊されるのか、または古蹟《こせき》として保存されるのだろうか、建物には保護屋根が設けられていて周囲も閉鎖されていた。

「何だか不思議な感じがしますよね。少女だった母が、この同じ風景を眺めていたって。しかも、この景色が彼女にとっては生まれ故郷の景色なんですものね」

ゆっくりと傾いていく陽射しの下で、編集者は五感のすべてでその景色や吹く風や、隣の公園で老人が奏《かな》でているアコーディオンの音色まで、すべてを記憶に刻もうとしているかのようだった。それは、昔の日本の唱歌だった。木々の影が細長くのびて、廟のひさしに吊《つる》された赤い灯籠《とうろう》が風に揺らいでいる。お腹《なか》に巻いたウエストポーチに腰を掛けさせる格好で孫を抱いた女性が、いかにものんびりした歩調で、孔子廟の前に古くから開けている府中街へと向かうのが見えた。次第に暮れなずむ景色の中に、ブーゲンビリアの濃いピンク色も溶けていくようだ。

また別の夕方近く、国立成功大学まで足を延ばしてみたことがある。以前から「百年の榕樹《ようじゅ》」があると聞いていたからだ。芝の緑が目にしみる広々としたキャンパスには、他にも見事に育った榕樹が何本も植えられていたが、「百年の榕樹」の大きさと見事な枝振りは、遠目に見ても確かに群を抜いていた。近くには、中国語、英語、日本語で書かれたプレートがはめ込まれた石が据えられている。

唯《ただ》榕樹ありとても珍奇ならず、
たとえありても、老いたれば、尚《なお》珍奇ならず
樹齢老いて、又風貌《ふうぼう》優雅なれば、
その枝、その幹壮麗にして舞うが如《ごと》き容姿は
宛《あたか》も飽学の名士の阿諛《あゆ》せぬ
君子が如く俯仰《ふぎょう》する様は是《こ》れ、
乃《すなわ》ち成大の百齢古榕に比すれば他に肩を並ぶるものなき
珍奇たる所以《ゆえん》なり

長者の言によれば、此《こ》の榕樹は
日本統治時代、大正十二年
乃ち日本天皇裕仁《ひろひと》の皇太子たりし頃に、
自ら植えられしものと伝えらる。
其《そ》の後、光復軍営区の成大に帰属するに随《したが》い、
歴代校長細心阿護の甲斐《かい》ありて、
榕樹の容貌益々《ますます》壮麗となり、
復《ま》た緑に生い茂れる芝生の襯托《しんたく》もありて、
遠くより悠悠たる湖光を映し、
白雲時に来たり、翠鳥《すいちょう》常に鳴く。
是れ、十萬成大健児の最愛するところのみならず、
亦《ま》た府城七十萬市民の
休息の勝景にして、遠近《おちこち》に名を馳《は》せる所なり。
今百齢の慶を迎え、此処《ここ》に天花の瑞祥《ずいしょう》を呈し、
百鼓斉《ひと》しく鳴り渡り、弦歌嘹亮《りょうりょう》にして、
詩吟の声絶えざる時に当り、

特に碑に鐫《え》みて、其の盛んなる容貌を茲《ここ》に誌《しる》す。

国立成功大学校長　高強　謹誌

中華民国九十二年四月二十日

（繁体字表記は新字体に置き換えた）

それぞれの榕樹の周囲では、学生や近隣の人々が思い思いに涼を求めて憩い、また軽く身体《からだ》を動かしていた。

「昭和天皇が皇太子だった時代に、ここまでおいでになったという、これが立派な証拠です」

拭《ぬぐ》っても拭っても汗がしたたり落ちるほどの暑さなのに、律儀《りちぎ》に上着を着込んだまま、案内役の陳旭慶《ちんきょくけい》さんがプレートを指して言った。台南に行くときには大概、同行してくださってきた呉翰周《ごかんしゅう》建築士も、いかにも暑そうにしながら大きな榕樹を見上げている。

ごつごつとした根を不器用に踏んで、私も大木の下に立ち、その幹に触れた。台湾に来るまではガジュマルという名に親しみを覚えていたのに、いつの間にか「榕樹」と呼ぶ方がしっくりくるようになった大木は、あたかも古老のあごひげさながらに無数の気根を垂らし、その力強い枝は複雑に絡《から》まり合いながら天に向かって伸びていて、どれほど見上げても全体像など分かりようがない。たった一本の木でありながら、そのまま一つの森か、または宇宙のようだ。まるで台湾という島そのものを象徴しているかのようにも思える。

摂政宮《せっしょうのみや》だった裕仁親王がこの地を訪れたのは、半世紀に及んだ日本統治期間の、ちょうど折り返し地点辺りともいえる一九二三（大正十二）年のことだ。奇《く》しくも前述の「長老教女学校」の本館講堂が完成した年であり、またその前年には、成功大学と長老教女学校との間くらいに、主に台湾人子弟のための「台南州立台南第二中学校」（現在の国立台南第一高級中学）が設立されていた。親王は当時二十二歳。若い皇太子の目に当時の台湾、そして台南の地は、どのように映ったことだろう。

親王の台湾訪問を機に、それまではマハマヤンあるいはシルビア山などと呼ばれていた台湾第二の山は「次高山《つぎたかやま》」と名を改められ、また「先住民の名称を従来の『蕃《ばん》人《じん》』から『高砂《たかさご》族』に改め」（伊藤潔『台湾』中公新書）ることになった。

山の名を改めたのは、かつて明治天皇が台湾の最高峰モリソン山を富士山よりも高い、つまり日本の新たな最高峰であるという意味で「新高山《にいたかやま》」と改めたことを意識してのことだろうし、原住民族の名称に対しては「自国の民」であるのに、清の統治下にあった頃からの呼称とはいえ、「番」あるいは「蕃」という文字は使いたくないとの考えからだろう。つまり、それだけ台湾を「自国」として意識してのことだったろうと思う。よもや、それからたった二十年ほどしかたたない後に、自身の声が「玉音放送」となってこの地でも流されるとは、思いもしなかったに違いない。現在、新高山と次高山とはそれぞれに玉山、雪山と呼ばれ、また高砂族とひとくくりにされていた人たちは原住民族としてのアイデンティティーを回復させて、それぞれの部族名を名乗りつつある。

　為政者が代わっても、山は山だし、人は人だ。

　そんなことを考えている間にも、陽は傾いていく。それまで夕陽の色に照り映えていた景色が一瞬のうちに、すっと色を失った。日没だ。私たちは黄昏《たそが》れていく台南を歩き回る。そうしてとっぷり日も暮れた頃、大きな複合ビルの周辺をぐるりと回り込んだ瞬間、私は絶句した。

　それは一連の旅の始まりに、この台南で見つけた最初の日本家屋だった。役場や警察署などといった公《おおやけ》の建物ばかりでなく、当時の日本人が当たり前に日々の暮らしを紡《つむ》いでいたはずの家を見たいと望んでいた私にとって、その住宅群を発見したときの衝撃とも驚きともいえない感覚は、今もはっきりと残っている。「絞め殺しの木」という別名も持つ榕樹の大きな枝と強靭《きょうじん》な根に押しつぶされそうになりながら、夜の闇《やみ》の中にひっそり沈んでいた家は、日本がこの地を去ってからの長い年月を、無言で刻み続けていた。その家が、わずか一年半ほどの間にまったく様変わりしていた。柱を除くすべてが取り払われ、青い照明が当てられて、何とも奇妙なインスタレーションになっていたのだ。

「こんな風に、しちゃったんだ」

保存され、また再利用されるのは有り難いことだ。だがその姿は、静かに歳《とし》を重ねてきた老人が、いきなり道化師さながらの化粧を施されて夜の街角に立たされたような印象だった。日本人が「家」というものに対して抱く感覚との違いを、こうもまざまざと感じさせられることもないと思った。

「他の家もこれからどんどん工事して、ショッピングモールみたいになっていくようですよ」

案内の人が教えてくれた。隙間《すきま》から中を覗くと、なるほどかつて法務局の官舎だった一帯は、既に建物の塀なども取り払われつつあった。日本の息吹《いぶき》は消えていた。

文句を言う筋合いは何もない。ここは台湾だ。こうして元の姿を変えながら、やがては当たり前のように街の風景に溶け込み、また新たな一面を生み出していく姿こそが、台湾という島なのかも知れないのだから。

台南郊外にある国立台湾歴史博物館（上）。インスタレーションに変貌を遂げた日本家屋（右）。
一九二三年に建てられた校舎が残る学校（左下）。

手のひらに太陽を

二〇一四年三月十八日。着陸態勢に入ったボーイング787の窓から見た超高層ビル・台北101はうっすらと淡く霞《かす》んで見えた。地上一〇一階建てのランドマークタワーは、台北の天候を知るためのちょうどいい目安になる。雨が降っていれば上の方から隠れてしまうし、風のある空気の澄んだ日には、くっきりと青空の下にそびえ立つ。陽射《ひざ》しが感じられるのに霞んで見えるということは、それだけ大気が靄《もや》っているか、もしくは濁っている証拠だった。以前に比べればずっとましになった台北の空気だが、最近は大陸から有毒物質を含んだ風も流れてくるから油断は出来ない。

降り立ってみれば、三月とは思えないほどの強烈な陽射しに、空港から一歩外に出ただけで汗がにじんできた。日本から着てきた真冬のコートを脱ぎ捨て、ついでに服も着替えたが、結局その日も、またその翌日も、外を歩けば汗をかき、タクシーに乗ったり建物に入った途端に強烈な冷房に冷やされるという「いつもの台湾」らしい繰り返しの中で、私は予定を消化していった。到着した十八日の晩に、日本の国会議事堂に当たる台湾立法院が学生たちに占拠されていたことなど、露ほども知らなかった。

　何やら大変なことが起きているらしいと知ったのは、短い滞在を終えて日本に戻ろうという二十日早朝になってからのことだ。テレビをつけると、どのチャンネルでもバリケードを築く若者の姿が映し出されている。画面に躍る漢字から、学生たちにより立法院が占拠されたらしいと理解した。

　ことの発端は前年六月、台湾政府が中国との間に「サービス貿易協定（中国語・両岸服務貿易協議、略して服貿）」を締結したことにある。同協定締結までの経過が不透明であるばかりでなく、協定の内容があまりにも台湾側に不利益であるとの声が野党を中心に上がり、政府に再審議を要求していたが、馬英九総統は三月十七日に立法院委員会での審議を打ち切り、本会議での強行採決に持ち込もうとした。これに反発した民間団体の学生らおよそ三百人が立法院を占拠したということだ。

　行動を起こした学生たちは、同協定が国民の同意を得られたものではないとして「ブラックボックスの中で調印されたサービス貿易協定への反対（反黒箱服貿）」と、行政院への「協定の撤回（退回服貿）」を要求するとともに、今後も同様の問題が起こらないようにするために協議監督条例の立法を推進し、同条例成立前に「サービス貿易協定」の審査を進めないこと、同条例の成立を妨げないことなどをスローガンとして掲げた。

彼らの主張や、その後の統制の取れた冷静な行動を見る限り、相当念入りに計画されたものであるらしいことがすぐに察せられた。リーダーも優秀な人物らしい。事実、占拠した立法院には弁護士の他に医師団も常駐しており、健康衛生面にも十分に配慮して、食事や寝袋なども配布、国立台湾大学などから教授陣も加わっている。さらに彼らは時間を決めて体操をしたり、勉強会も開いている様子だ。そこにいる学生たちは「欠席扱い」にはならないと発表する学校もあるという話だった（台湾の学校には春休みがないのだそうだ）。

「『サービス貿易協定』の賛成、反対については、どちらにも言い分があります。協定を結ぶことで、台湾は巨大市場である中国に進出することが出来ますから、経済は格段に豊かになる。また、中国が台湾に投資することで台湾人の雇用機会が増える。これが政府の主張です。

これに対して反対する側は、中国の低コスト商品やサービスが大量に流入すれば、特に中小企業が致命的な大打撃を受けると主張しています。また、中国の旅行開発会社によって環境破壊もされるだろうし、中国の出版業が入ってきたら言論の自由が奪われるおそれがあります。中国の通信業によって、台湾人の個人情報がすべて中国に知られてしまうことも心配ですね。これでは国家の安全が保たれません。しかも中国人に対する移住の条件が緩いんです。こんな条約を認めてしまっては、いずれ台湾は中国に呑《の》み込まれてしまうだろうというんですね。

そして学生さんたちは、こんな大切なことを密室で決めた上に短時間で強行採決すること自体を民主主義に反すると言っているんです」

帰国の便は夕方だった。午前中の予定を変更して立法院まで行ってみたいと言った私の希望を聞き入れ、若い知人は電車の中で騒動の概要を説明してくれた。つまり「利潤の追求」と「台湾であり続けること」とのどちらを選ぶにせよ、そこに民意が反映されていないことに問題がある、ということらしい。

立法院から最寄りの善導寺《シャンダオスー》駅で降りると、二人、三人と、黄色い雨合羽を着た若い男女が歩いてくる。一方、これから立法院へ向からしい若者の姿もあった。前日までとは打って変わって肌寒い小雨模様の日になった。

歩いて数分の距離にある立法院前には大勢の若者が集まっていた。だが、周辺の空気は意外なほど静かだ。学生たちはおとなしく、また行儀良く座り込んでいた。揃《そろ》いの黄色い雨合羽は、おそらく無料で配布されたものなのだろう。他にも飲料水やティッシュ、カップ麺《めん》などを配布する臨時ステーションが出来ていて、少し離れたところにはイベント会場などで見かける簡易トイレも設置されている。若者に交ざって大人や高齢者の姿も見受けられた。

「すぐ目の前のコンビニや食堂が普通に営業を続けているということは、暴力沙汰《ざた》になる心配がないということですね」

立法院を取り囲む群衆と、建物内の学生たちは交互にマイクを握り、自分たちの主張を語っていた。声援も野次も、怒号が飛ぶようなこともなく、時折、話の切れ目に拍手が起きる。

テレビ局の中継車がずらりと並んで立法院にカメラを向け、リポーターがマイクを持って人々の間を歩き回る。一方、立法院のテラスや屋上からも、複数の学生たちが、しきりに周囲にカメラを向けていた。見上げると、最新鋭のドローンが数機、灰色の窓に浮いていて、やはり群衆の写真を撮っている様子だ。政府側のカメラなのか、それとも反政府側なのだろうか。

〈我愛警察先生♡　警察先生辛苦了！〉

まるで文化祭に展示する研究発表のような、いかにも学生らしいイラストと文字で張り出された『サービス貿易協定のここが問題！』などといった壁新聞的ポスターに交ざって、警察官に対するメッセージも見受けられた。学生たちは非暴力を前面に打ち出している。自分たちは警察を敵視していないという意思表示らしかった。そして、学生たちを取り囲むように配備されている警察官たちの表情も取り立てて険しいものには見えない。

「警察の人たちが困っているのは、これで一斉に休みがなくなっちゃったことだそうですよ。地方の警察からも応援に駆り出されてるし、仕事だから仕方がないけど、気持ちの上では学生さんたちの味方をしたい警察官もたくさんいるはずです」

　正面玄関上に普段から翻《ひるがえ》っているはずの中華民国の旗は文字通り「反旗」となって上下逆さに掲げられ、その傍らには茶髪にピアスのイマドキの若者がいた。群衆の中でハグし合っている恋人たち、サンドイッチにかぶりつきながら楽しげに笑う女の子、スマホのゲームに興じている子もいれば、宿題のノートを開いている子もいる。自分たちのことが書かれている新聞を熱心に読む若者もいた。

　敷地内に足を踏み入れ、立法院の入口まで近づいてみた。入口前の石段に備えられた手すりが大きくひん曲がっていて、占拠する際に起きた小競《こぜ》り合《あ》いの痕跡《こんせき》が、そこだけ生々しく感じられる。だが今、その石段に座り込みを続けている学生たちは、バスでも待っているかのように静かな表情だ。彼らが寄りかかれるほどすぐ背後に警察官がずらりと並んで立っており、さらに、その向こうに緑色の服を着た民進党代議士。ニュース映像で見たのと同じ、椅子《いす》を積み上げたバリケードは、代議士のすぐ後ろに見えていた。

へえ、台湾の立法院って入口からすぐに議場になってるのかと、妙なことに感心する。それにしても、これは台湾の歴史始まって以来の出来事だという。今この瞬間、台湾の歴史が大きく動こうとしているのかも知れない。その割にみんな冷静だ。

「今、原住民族の人がスピーチしていますよ」

群衆の間からぱちぱちと拍手が起きたところで、知人が教えてくれた。

「自分たち原住民族も同じ台湾の一員なのだから、何かを決めるときには参加させて欲しい。自分たちの意見を聞いて欲しいし、自分たちに分からないところで、勝手に物事を決めないで欲しいと、言っています」

ふと見ると、いつの間にかあちらこちらでヒマワリの花が配られ始めている。重たい花が、すぐにぐったりうなだれてしまわないように、きちんと茎に針金を巻いて補強してある色鮮やかなヒマワリが、黄色い雨合羽を羽織った若者たちの間に広がっていく。静かに、穏やかに、辺りは黄色い花畑のようになっていった。

「『手のひらに太陽を』の意味だと言っています。自分たちの手に太陽を取り戻したい、という意味のようです」

台湾の人たちは、あの歌を知っているのだろうかとふと思った。私たちが子どもの頃によく歌った『僕らはみんな生きている』という、あの歌だ。その時点で学生たちの立法院占拠は既に三十時間を超えていた。

日本に戻ってみると、どのメディアもほとんどこの事態を報じていない。だが彼らの活動（その後「太陽花學運」と呼ばれるようになった）は、その後もずっと続いていた。かろうじてインターネットの動画共有サイトが立法院内の様子を二十四時間生中継していることを知って、私は暇を見つけては、そのサイトを覗くことになった。登壇する学生や有識者の話には簡単な翻訳字幕が流れ、時にはボランティアの通訳が日本語で説明してくれるときもある。

数日後、そのサイトを見ていたら「サービス貿易協定は、原住民族にも大きな影響を及ぼすのです」という字幕が流れた。

「私たちは原住民族のことも考えなければなりません」

ネットの画像は音声と共に途切れがちな上、カメラの位置も遠いために、話している人をはっきり見ることが出来ない。だが私は、立法院前で聞いた原住民族の声と共に、つい一ヵ月前に会ったばかりの葉秀燕《ようしゅうえん》副教授（当時）のことを思い出さないわけにいかなかった。

「もともと原住民族は台湾の標準的生活レベルに達していない場合が多いんです。貧しいし、教育も足りていない。私たちの、原住民族に対する先入観もありました。たとえば彼らは仕事をしないとか怠け者である、などといった」

台湾東部の中程に位置する花蓮《かれん》にある国立東華大学は台湾で唯一《ゆいいつ》、原住民族研究コース（族群關係與文化學系）を設けている。社会学博士でもある葉秀燕副教授は、このコースで原住民族の食生活を専門に研究している。

サツマイモのような形をした台湾は、島の南北に富士山よりも高い山まで有する山脈が背骨のように通っている。山脈の西側には平地が広がっていて都市が形成されやすいが、東側は急峻《きゅうしゅん》な山がすぐに海に落ち込む地形が多く、西側のように大きく開けている都市はない。この東側が台湾原住民族が今も数多く暮らす地域でもある。花蓮は、かつては花蓮港と呼ばれ、日本統治時代には開拓村が複数作られていた土地だが、一方では地震多発地帯という特色を持つ。二月にその花蓮を訪れた際、私は知人の紹介で葉秀燕副教授に会い、彼女から話を聞く機会を得たばかりだった。

「実際は、原住民族は地産地消を実践し、ゆったりとした時間の中で生きているだけです。元々この島で古くから生き、独自の文化と歴史を持っている人たちです。私たちは、彼らからもっと学ばなければならないと思っています。同じ台湾に暮らすものとして、みんな平等でなければならないんです」

台湾は多民族・多文化の島だ。現在、およそ二千三百万人の人口のうち、二パーセントに当たる五十万人弱が原住民族とされている。彼らは等しくオーストロネシア語族に属する、マレー・ポリネシア系の部族である。

もともと高床式の家に住み、入れ墨を入れ、檳榔《びんろう》を噛《か》むなどの共通点がある一方で、かつては首狩りの風習を持つ部族もあったり、それぞれに異なる習慣と文化を持つ彼らは文字を持たず、話す言葉も異なっていた。そのため日本統治時代に「国語」として日本語教育を受けるまでは、部族間でのコミュニケーションもとれなかったのだそうだ。九州よりわずかに小さな面積の島で、これほど多くの部族が各々《おのおの》違う言葉を使っていたことを考えると、オーストロネシア語族の起源は、この台湾にあるのではないかとする学者もいるという。

インドネシア語やマダガスカル、また南太平洋の島々で話されている言葉とも親戚《しんせき》筋《すじ》に当たる言語を操る人々は、独自の暦に従って粟《あわ》や紅藜麥を栽培し、鹿《しか》や猪《いのしし》を捕って暮らしてきた。その島に、十六世紀に入ってヨーロッパ人が上陸した。大陸からは漢民族が流入し、その後は日本が植民地支配に乗り出すなどして、原住民族の住む場所は次第に奪われていく。日本が植民地支配していた時代には、それまで漢族が使っていた「生蕃」「熟蕃」という呼び方が「高砂族」と改められ、第二次世界大戦中には「高砂義勇隊」という志願兵による部隊も編成された。山岳民族の彼らは動きが俊敏で夜目が利《き》き、方向感覚に優れて狩猟の能力にも長《た》けており、しかも東南アジアの言葉に近い言葉を話すことから、主に南方に送られたという。

日本統治時代に「高砂族は九族」と分類されていたため、そのまま戦後も台湾当局によって九族とされてきたが、戦後半世紀以上が過ぎて社会が落ち着いてくると次第に民族意識に目覚め、自分たちの文化を復興させようという動きが始まる。その結果、二〇〇一年以降、一つ、また一つと認定される部族が増えて、現在では十六の民族が公式に原住民族として認められている。その他にも「平埔《へいほ》族」と呼ばれる、いわゆる「平地の民」がいるのだが、彼らはかなり早い時期に、大陸から渡ってきた漢族との通婚などで同化していった。そのために、たとえば民族衣装なども継承されておらず、今となっては主体性を持った「原住民族」としては、その立場を確立されていないということだ。

つまり、台湾人の九八パーセントは漢族だといっても、戦後になって蔣介石らと中国大陸から移り住んできた人々（外省人）以外の、もっと以前から台湾で暮らしてきた人々（本省人と呼ばれる）の大半は、純粋な漢民族とは言いがたいということになる。なぜなら、かつて福建省などから移り住んできた人々の多くは密航という手段を選んだり、たとえ渡航が許された時代だったとしても男性に限られていたために、命がけで台湾上陸を果たした後は、原住民族の女性と家庭を持つより他なかったからだ。

だから、自分は「台湾人」であると胸を張る人は、百パーセントの漢民族とは異なることをアイデンティティーにしている。さらに、そこにヨーロッパの血が混ざっている場合もあれば、日本の血が混ざっている人もいる。台湾という島は、そうやって出来上がってきた島なのだ。多様な民族、部族が混ざり合い、互いの文化を共有し合いながら現在に至っている。そして今改めて、二パーセントにまで数を減らしてしまった原住民族から、本来の豊かさや文化を学びたいという動きが生まれつつある。

「原住民族は自然と共に暮らしてきた人たちです。農薬も使わず、雑草が交ざっている畑で採れたものを大切に、大切に食べている。私は、そのことを学生たちに伝えていきたいんです」

葉秀燕副教授はそうも語った。日本でも十年ほど前から「食育」という言葉が聞かれるようになったが、台湾でも健全な食生活や食文化を確立し、継承させていきたいのだそうだ。実際、葉副教授は大学のキャンパス内に畑を作り、そこで毎年異なる部族の人たちの指導を受けながら、授業の合間に学生たちと、粟、紅藜麥、タロイモなどを栽培している。夏休みなどには子どもたちも招く。原住民族を理解し、近しくなるためには、まず彼らの食生活を学んで、彼らと同じものを食べることが大切だという考えからだ。

「原住民族は宗教儀式にも主食にも粟を使いますが、その粟の育て方一つとっても、部族によって異なるんです。だから私は毎年違う部族の方から栽培法を教わって、役に立つ情報があれば私を通してほかの部族の人たちに伝えていく。そういうネットワークが出来ればいいと思っているんです」

十六ある各部族も、移住や結婚などによって少しずつ混ざり合いが始まっているのが現実だという。それは時代の流れで押しとどめようもないし、彼らが自分たちの伝統を受け継ぎながら新しい原住民として誕生していくことには何ら問題はないと葉副教授は語っていた。

「それよりも大切なことは、私たちが原住民族の生き方からもっとたくさんのことを学ぶべきだということです」

台湾も日本に負けず劣らず経済至上主義だ。都市は再開発され、次々に新しい高級マンションが林立している。だが、その一方では大学を出たばかりの若者たちは就職難に苦しみ、借りられる部屋さえ見つけられないのが現実だとも聞いた。そんな暮らしに疲れて都会を捨て、新しい生き方、異なる価値観を見つけようとする人たちが出てきている。今こそ原住民族の生き方に学び、心豊かに暮らしたいと願う人たちが増えてきているのだそうだ。実際、花蓮にも他の土地から移り住んできた人たちが、原住民族や地元の人たちの暮らしを知り、ネットワークを結ぶことで新しい可能性を模索し、町の活性化をはかろうというグループを作っていた。

「大切なことは、同じ台湾人として生きることです。信じれば夢はかなうと私は言いたいんです。だから苦労しながらでも、原住民族の人たちと歩んでいきたいし、そうできることが幸せなんです」

　キャンパス内の畑で採れた作物は何一つ無駄にしたくないからと、副教授は小さな小さなガラスの小瓶に粟の粒を入れてペンダントにしていた。

　二〇一一年の東日本大震災に際して、台湾人ほど日本を心配し、義援金を集めてくれた人たちはいない。自分たちで必要だと判断すれば、上からの呼びかけとは関係なく行動に移す。損得抜きで筋を通そうとする、しなやかで忍耐強い意志を持つ。それが台湾の人たちのようだ。

奇しくも地震があったのと同じ三月、若い台湾人たちは、今度は隣国のためではなく、まさしく自分たちの民主主義のために立ち上がっている。

手のひらに太陽を。

この原稿を書いている今も、学生たちの立法院占拠は続き、事態は膠着《こうちゃく》状態に陥っているかに見える*。結果がどうなるのかは分からないが「正しいことは必ず通ずる」と信じて、もっとも弱い立場にいる人たちを忘れることなく、彼らと共に歩もうとする人がいることを、私は忘れまいと思う。

*＝二〇一四年四月十日、学生たちは立法院から退去した。

ヒマワリの花を手にした若者たちとスローガンを貼られた車（上）。おとなしく行儀良く座り込む学生たち（右下）。国立東華大学の葉秀燕副教授（左下）。

「日本人だった」――台湾の老翁《ろうおう》たちにとっての日本統治時代

いつの世も、歴史と教育とは勝者が作っていくものだ。勝者は常に饒舌《じょうぜつ》なものだし、敗者は勝者によってもたらされる「変化」を肌で感じながらも、ひたすら口をつぐむより他ない。

　すると、次の世代には、もう何も分からなくなっている。勝者によってもたらされた歴史や教育は、何も知らない世代には、瞬《またた》く間に「当たり前のこと」として定着してしまう。ことに早い時期での教育の力は絶大で、その後、いくら生々しい体験を聞かされることがあったとしても、一度植えつけられた知識や歴史観などというものは、容易に改まることがない。敗者はそれを知って、場合によっては無力感を抱き、余計に口をつぐんでしまうのかも知れない。

　勝者による饒舌かつ熱心な教育と、敗者の沈黙。この二つが合わさった結果、私たちの世代には、親の世代が敗戦によって味わった絶望も後悔も悲しみも、混乱も新鮮さも、何より忘れるべきでない反省さえも、実は思った以上に受け継がれていないのではないか。他の国のことについては分からない。だが「臭いものにはふた」をして、さらに「水に流す」ことの好きな日本においては、その傾向が強いように感じる。

「僕は数えで二十三歳になるまでは、日本人だったんです」

台湾で発行されている新聞の中でも最多の部数を誇る『自由時報』を率いる呉《ご》阿《あ》明《めい》会長は開口一番、そう言った。スーツにネクタイ姿で、身じろぎ一つしない老人の最初のひと言は、覚悟していた以上に私の胸を衝《つ》いた。生まれたときから日本人で、今後も日本人であり続けるだろうということに、いささかの疑問を抱いたことすらなかったものにとって、「途中まで日本人だった」という存在が目の前にいるということは、それだけで十分に衝撃的だった。

「だから、台湾人だけれども、今のあなた方よりずっと本来の日本人らしい。なぜかというと、戦前の教育を受けているから。道徳観、倫理観というものを日本人として学んできたから」

植民地の子として生まれた呉阿明氏は、戦後、台北市市議会議員、台北県議会議員、台北県議会国民党議員団幹事長、台湾総工会理事長などを経て、一九八〇年に『自強日報』という新聞のライセンスを取得したことから新聞社経営に乗り出した。『自強日報』は、その後『自由時報』へと名を変え、台湾随一の大新聞社へと育っていく。氏の人生と体験とは、そのまま台湾の近代史に重なると言っていいだろう。

「僕の人生？　語ろうと思ったら長いよ。何しろ九十年分あります。でも、早くしないと次にあなたが来るときには、僕はもう神さまかオバケの、どちらかになっているかも知れないからね」

　氏はそう言って笑う。

　一八九五（明治二十八）年、日本は日清戦争後に交わされた下関条約によって、当時の清朝から台湾を割譲された。政府は台湾に総督府を置いて植民地として統治を始める。その支配は一九四五年、敗戦までの半世紀にわたった。

「どうして台湾が日本の植民地になったかは知っていますか」

「では、どうしてその後、国民党軍が入ってきたか、台湾が中華民国に組み込まれたかは知っていますか」

「たとえば僕の祖先は中国大陸から台湾に渡ってきて、一族の一番若い人は、いま十一代目までいます。僕は六代目でありますけれど、純粋な漢民族とは違っています。なぜだか分かりますか」

氏はまず矢継ぎ早に質問をしてきた。付け焼き刃の知識や薄っぺらな知ったかぶりなど通用するはずがない。正直に白状するしかなかった。

「私はこれまで、あまりにも台湾のことを知らなすぎたのです」

実際、台湾という島と日本との過去の関係について、私は学校できちんと学んだ記憶を持たない。台湾に関連した言葉で、子ども時代の私の頭に辛うじて残されたものといったら、せいぜい「蔣介石」という名前程度だろうか。「そういう人」がいて、中国大陸から台湾に移って政府を打ち立てた、と。知識と呼ぶにはあまりにも貧弱すぎて、歴史というよりは、せいぜい「むかし話」程度にしか感じられないものだった。

台湾を訪れるのは、何も初めてというわけではなかった。ことにものを書くようになってからは、取材で何度となく訪れている。それなのに、私の頭の片隅に残っていた「むかし話」が、現代の台湾とつながることはなかった。日本が台湾を統治していた歴史。その時代に生まれ、生き、暮らしてきた人たちが、日本の植民地でなくなった後、どういう時代を経て今日まできたかということを、ほとんどまったくと言って良いほど知らなかった。我ながら呆《あき》れるほど無関心だった。

その迂闊《うかつ》さに気づいたきっかけは東日本大震災だ。

あの未曾有《みぞう》の大災害に際しては世界中から援助の手が差し伸べられた。中でも抜きん出て多額の義援金を集めてくれたのが、他ならぬ台湾だ。その額は日本赤十字社に寄せられたものだけでも二〇一三年四月現在で二十九億円あまりにのぼり、アメリカとほぼ変わらない額で世界第二位となっている。単純に人口だけで比べても、三億一千万人のアメリカと、二千三百万人あまりの台湾とでは十三倍以上の開きがある。加えて、国民一人あたりの所得も違う。それなのに震災直後から一年以上の間はアメリカを凌《しの》ぐほどの金額を集めてくれた。台湾の人たちが、いかに私たちに援助の手を差し伸べようとしてくれたか、これほどわかりやすい数字はない。

　ところが、すぐ隣の島から贈られた、それだけの真心について、私たちの多くは意外なほど知らない。マスコミもさらりと流す程度で、さほど大きく取り上げたという記憶がない。二〇一三年三月の政府主催による東日本大震災二周年追悼式でこそ、台北駐日経済文化代表処の代表を、外交使節団向けの来賓席に招き、国名などを読み上げた上で指名献花の列にも加わってもらったものの、震災直後の二〇一二年は一般席での扱いでしかなかった。

　ごく単純に「おかしい」と感じた。常識的に考えても、親切にしてもらった相手には、きちんと感謝の気持ちを伝えるべきだ。出来ることなら何らかの形でお礼をしたいと思うのが人情ではなかろうか。

首を傾《かし》げる一方で、「それにしても」とも思う。

なぜ台湾の人たちは、そこまで日本を心配してくれるのだろうか。日本を親身に感じてくれるのか。何となく近しいから？　お隣だし？　台湾の芸能人も日本で活躍しているし？　それだけ？

旅が始まった。そうして真っ先に会ったのが『自由時報』の呉阿明会長だった。

呉阿明氏は、一九二四（大正十三）年一月二十二日（ただし戸籍上。実際は前年の暮れの生まれだという）に現在の台北市郊外で、十一人兄弟の末っ子として誕生した。日本統治時代の真《ま》っ只中《ただなか》だ。

当時の台湾では、日本人の子どもは小学校へ、台湾人の子どもは公学校へと、初等教育からして隔たりがあった。これを差別だと感じる人もいるが、すべての授業を日本語で受けられる日本人の子どもと、日常生活は台湾語（中国福建省南部の方言に近く、閩南《ミンナン》語とも呼ばれる）で暮らしている台湾の子どもとでは、授業の内容を変えざるを得ない。日本語教育を施す必要があった一方で、きちんと「漢文」の授業も行っていたというから、「然《しか》るべき措置だった」という意見もある。

「公学校を卒業したのが昭和十二年。本当は先生になろうかと思っていたんです。師範学校に行きたいなとね。ところがその年の七月に盧溝橋《ろこうきょう》事件が起きて、日中戦争に発展した。それで十月に、三番目の兄さんが召集されたんだ」

　生家は農業を営んでいた。働き手が一人減れば、進学どころではなくなる。呉阿明少年も師範学校へ行くことを諦《あきら》めなければならなかった。戦地に赴いた兄は、その後、無錫《むしゃく》で目を負傷し、九州・小倉の軍病院で治療を受けた後に傷病兵として帰還した。呉阿明少年はその後、商業専修学校に進む。

「あの頃の先生の中には『おまえら英語なんか習う必要はない！』という人がおりましたね。なぜならば『もう何年かしたら、世界中で日本語が使われるようになるから』と。本気で勝つつもりだったからね。だから、英語の授業の代わりに軍事教練を受けていました」

　当時の台湾青少年たちは、誰もが教育勅語をそらんじて、朝礼の度に宮城《きゅうじょう》に向かって礼をすることから一日が始まっていた。間違いなく「日本人」そのものだった。

　実は私は、台湾に向かう気持ちのもう一方で、あの戦争について、その前後の時代について、いま私たちの世代が体験者から聞いておかなければ、時代の記憶が永遠に断たれてしまうという危機感を少し前から抱き始めている。あの時代を語れる人々、つまり私たちの親の世代は既に年老いた。いま聞いておかなければ、次の世代へ伝えなければという焦《あせ》りにも似た感覚がある。だからこそ呉阿明氏にも、まず日本人だった頃について語っていただいた。

　商業専修学校卒業後は陸軍関係の「台湾ゴム株式会社」に就職。ここは横浜ゴムが資本を出していたという。

「その頃、南洋に行くことがとても流行《はや》っていたものだから、僕もそこをやめて南洋に行くつもりだったんです。だけれども、やめると同時に戦況が逆転したものだから、行けなくなった。それで、国産コルク株式会社という海軍の指定工場に入りました」

　日本軍は台湾を拠点に東南アジアへの進出をはかっていた。呉阿明氏は、まさしくその時代に青春を送っていたことになる。当時、昼間は会社で働き、帰宅後と日曜日は家の田畑を耕すという、相当に忙しい日々を送っていたという。その生活パターンは後に氏が市議会議員になり、県議会議員になっても変わらなかった。

　戦況は悪化していく一方だった。物資は不足し、配給制のものも滞りがちになった。やがて毎日のように空襲が始まる。方々に防空壕《ごう》を掘った。灯火管制も厳しくなり、飢えに耐える日々が続いた。

　だが、緊張と忍耐を強いられ、窮乏する暮らしの中にも、何かしら笑いの種はあったようだ。氏はそれもよく覚えている。

「たとえば当時、僕らみたいな世代は公学校で日本語を習っておりますから話せますけど、ちょっと年をとった大人は日本語を話せない。それで夜、『日本語講習所』というのに行った。各村にほとんどあるんです。そこで『これは何ですか』『あれは何ですか』などという会話を習う。そこに通っていた僕の従兄《いとこ》が、ある日先生に、

『あれは何ですか』

と天井から下がっている電球を指された。すると従兄は、

『あれはグーランパー（牛のキンタマ）です』と。

電灯という日本語を知らないんだ。電球の形が似ていたから、つい言ったそうです。先生も笑っていたらしい」

紙の余白に電球の絵まで描いて呉会長は愉快そうに笑う。かれこれ七十年前の話だ。その絵の電灯の笠《かさ》には灯火管制用の遮蔽《しゃへい》幕も描かれていた。また、こんな話もある。ある男性が自宅のそばに愛人を囲っていた。夜な夜な愛人宅に寄ってから自宅に戻る暮らしを続けていたが、ある晩、愛人の家にいる最中に空襲警報が鳴り出し、男性は大慌《おおあわ》てで下着をつけて自宅に戻った。すると、直後に空襲警報は解除。ぱっと電灯をともした妻が、夫の下着を見て「あんた、そのパンツはなにっ」と目をむいたそうな。

「僕が実際に、本人から聞いた話だからね、これは本当のことです」

どんな時代であっても、そのときが青春だったのだ。それだけに、何もかも鮮明に記憶している。零《ゼロ》戦と米軍機の空中戦も目撃した。撃墜される戦闘機も、操縦席のパイロットの顔まで見た。

「日本とアメリカとの違いは、日本軍は撃墜されたら飛行機もろとも散っていく。お国のために生命を捧《ささ》げる。けれどアメリカ兵は、すぐに脱出した。これが一番の大きな違いです」

当時まだ幼かった台湾人の中には、空中戦を見て戦闘機が墜落すると、敵か味方か分からなくても、とりあえず「わあっ」と手を叩《たた》いたと語ってくれる人もいた。だが当時、呉阿明氏は既に青年だった。日本人として生き、軍関係の会社で働き、会社で作成する文書などはすべて候文《そうろうぶん》だったという若者の目に、大きなアメリカの爆撃機の背後に回ろうと、何度でも旋回を繰り返し、戦いを挑んでいった零戦は、どのように見えていたことだろう。

そうして終戦の日を迎える。

昭和二十年八月十五日、呉阿明青年は出張のために、自転車で台北市中まで行っていた。用事を済ませて会社に戻る途中、町にサイレンが鳴り響いた。空襲警報とも解除警報とも異なる鳴り方だった。そこで自転車を止めて、目の前の雑貨屋に入って聞いてみた。

「今の、このサイレンは何ですか」

「いや、十二時に天皇陛下の玉音放送があるんだって」

その雑貨店で、呉阿明青年は玉音放送を聞いたのだそうだ。

「急いで事務所に帰った。事務所では内地人の男の人も女の子も、僕ら本島人も、みんなショックを受けていました。みんな、日本人ですからね。今から思っても、あのときの気持ちは何とも言えないです」

あの日、台湾中で様々な人々が、自宅で、学校で、職場で、時として内地人と共に玉音放送を聞き、共に涙したという話は、その後も方々で聞くことになった。

「夜になって宿舎に戻るとき、本来なら灯火管制が布《し》かれてるはずの時間なのに、遠くからでも建物の灯が見えた。それで、ああ、戦争は終わったんだと思いました」

「これで日本人たちは台湾から引き揚げるだろうという話になったとき、末の弟が『僕たちはいつ帰るの？』と言いました。弟は自分が日本人だと思い込んでいたんです」

「内地人のお友だちと抱き合って泣きました。これから私たちはどうなってしまうのでしょうねって」

日本の内地と違っていたこと、それは、あの夏が、彼らが「日本人」として過ごした最後の夏だったという点だ。その後、台湾の人びとを呑み込んだ新たな時代の波は、引き揚げていった日本人が味わった辛苦とはまた異なる、過酷なものだった。中国大陸から国民党軍が入ってきたことによる激しい混乱、急激なインフレ、摩擦に続いて、次には白色テロと呼ばれる時代と長い戒厳令下に入っていくからだ。日本の敗北と台湾からの撤退は、同時にそんな時代の幕開けでもあった。それだけに、多くの人々が、日本人として最後に過ごした一九四五年の夏を鮮明に記憶しているのかも知れない。

「あの日は学校にいました。学校の教室で玉音放送を聞いたんです」

台日産業技術交流促進會の陳旭慶会長は一九三三（昭和八）年一月生まれ。終戦当時は、中学一年生だった。

生家は台湾中西部に位置する彰化県の埤《ひ》頭《とう》庄（現在は埤頭郷）にあって、農業を営む大地主だった。広大な敷地内に建つ邸宅は、壁の厚さが三十センチもある鉄筋の通ったレンガ造りだったという。だが、空襲が激しくなってくると、その邸宅も機銃掃射の攻撃を受けることになった。

「昼間ね、母がちょうど井戸端で洗濯をしておったんだよ。すると、アメリカ軍の低空飛行の音が、まず、ぐうぅぅんて聞こえてきたんです。母は、こう、すぐに寝転んで、ネコみたいに早く逃げたんですよ」

撃ち込まれた機銃掃射による弾丸は、自宅の厚い壁にめり込み、中の鉄骨さえも曲がったという。その弾痕がひどく熱を持っていたことを、少年だった陳旭慶氏は鮮明に覚えている。

「夜は夜で、防空壕の中でね、ロウソク一本で勉強しました。でも、軍事教練もやるんだよ。空襲が済んで夜中になると、自宅の広い庭で、付近の学生さんたちを集めて軍事教練のための練習をやるんだ」

陳旭慶氏の自宅がどうしてそこまで狙《ねら》われたか、それにはわけがある。広い敷地のすぐ裏に、大きな榕樹《ようじゅ》が数本植わっており、そばに竹藪《たけやぶ》の広がる場所があったそうだ。実はその大木と竹藪とを利用して、日本軍は特攻隊の乗る戦闘機を常に二機ほど待機させていた。陳家が所有する田んぼの一部も滑走路として整備され、使用されていた。おそらくその情報が米軍側に漏れていたために、あそこまで自宅が狙われたのに違いない、と氏は語る。

「今、思い出しても涙が出ますよ。特攻隊員たちは、一度、日本の本土からここまできて待機するんです。みんな若かったよ。二十歳から二十三歳くらいでね。そうして命令に応じて出撃していくんだ。帰りの分の燃料を積んでいない戦闘機でね」

また、陳旭慶氏の自宅近くには、沖縄や九州から移住してきた日本人の集落も出来ていた。これは当時の台湾でも珍しいことだったそうだ。

「移民村と呼んでいました。一号村から十号村まであったんです。みんな親切な方々で、私たちも大切にしました」

一つの村には三十前後の世帯があったというから、ざっと考えても千人程度の日本人が暮らしていたと思われる。その移民村の人々が、出撃前の特攻隊員たちを招いて、ご馳《ち》走《そう》をしていたという。

陳旭慶少年は、そんな環境にあっても受験勉強に励み、当時から台湾随一の名門と言われていた台中一中に合格する。内地のナンバースクールと同じで、台湾にも台北一中、台南一中などがあったが、それらは日本人の子弟の比率が高かった。台中一中に限って、生徒の九〇パーセントが台湾人であり、それだけに全国から選《え》りすぐりの優秀な生徒たちが通っていたという。

自宅のある彰化から台中までは汽車で一時間半の距離。だが、毎日それだけの距離を通うのは、物理的にというよりも現実として無理だった。

「切符でさえ配給の時代だから。学校の出す証明があって、帰省するという用件を認めてもらって、初めて切符が買えるんです。普通に『通学』なんて許されない。だから、台中の親戚《しんせき》の家に下宿しました。帰れるのはせいぜい一カ月に一度あるかないかね。その上、やっぱり灯火管制がある。昼間、列車を走らせることも出来ない。アメリカの爆撃がいつあるか分からないから。やられますから。それで夜、真《ま》っ暗闇《くらやみ》の中を、列車に乗って帰るんです」

　中学生になったばかりの少年には、さぞ心細く、また過酷な日々と道のりだっただろうと思う。しかも、せっかく努力して合格した学校も、思う存分勉強が出来る環境ではなかった。

「ほとんど勤労奉仕。一週間に二日くらい勤労奉仕。うちの先輩たちは学徒動員で行きました。戦時中ですから、仕方がないよ」

　この「仕方がない」という言葉を、私はその後も台湾の人たちと話していて、頻繁に耳にすることになる。避けることも抗《あらが》うことも出来なかった時代の変化、その波について、多くの人が「仕方がない」と、諦観《ていかん》を含んだ静かな口調で締めくくるのだ。だが、ことに日本の植民地として味わうことになった経験について「仕方がない」と言われてしまうと、私は何とも言えずに胸が痛む。やるせない気持ちになる。

　この島と、この島の人たちの存在を、どうしてきちんと教えてくれなかったのか、今さらながらに悔しいというよりも憤《いきどお》りに近い思いがこみ上げる。決して忘れてはならなかったのに、と。

中学一年生だった陳旭慶少年は、玉音放送を学校の教室で聞いた。

「みんな冷静に聞いていたね。そして、ああ、残念だねと。びっくりする一方で、ものすごく、がっかりしましたね」

これで植民地支配が終わるとか、解放されるとか、そんなことはまったく考えなかった。ただひたすら、「これからどうなるんだろう」という不安ばかりだった。

一九四五年十月二十五日。安藤利吉《あんどうりきち》台湾総督は、ときの中華民国台湾省行政長官・陳儀との間で降伏文書を交わす。日本による台湾の植民地支配が幕を下ろした。民間人だけでもおよそ三十一万人の日本人の引き揚げは、その年の十二月二十五日から始まった。

「日本人が引き揚げるときには、持ち物も現金も制限がありましたから、家財道具などを道ばたに並べて売るんです。売れなかったら台湾の友だちに贈る。台湾の人には、そうしてもらった以外は、日本の財産をとった人はありません」

呉阿明氏は、そんな話もしてくれた。それまでの長い戦争で、貧しさや物資の不足には慣れていたが、それに加えて日本人がごっそりといなくなってしまった後の町は、どれほど淋《さび》しくなったことだろう。

「ひっそりしてね。昔、浜町といった辺り（現在の西門町の一角）などは、ほとんど皆、空き家になりました。けれどそこにも台湾の人は一人として入らなかった。もともと自分のものじゃないから勝手には入れない。そういう考え」

混乱は、まったくなかったという。引き揚げ前の日本人たちとの間にも、別れを惜しみ悲しむ人々の姿こそあれ、諍《いさか》いが起きたり暴力沙汰《ざた》が起きるということは一切なかった。

「学校の授業も粛々と進んでいましたね。日本人の先生たちは引き揚げる直前まで、ただ自分たちに与えられた使命を果たすという姿勢だったと思います。我々生徒の方も冷静だった」

陳旭慶氏もそう語る。

「お教室も淋しくなりましたよ。半分空っぽになっちゃって」

当時、高等女学校の生徒だったという女性も声を詰まらせながら、あのときの級友や先生たちとの別れほど辛《つら》いものはなかったと語った。台湾は、まるで櫛《くし》の歯が欠けたような状態になったのだろう。そしてそこに、中国大陸から国民党軍が流れ込んできた。同じ「敗北」を経験したはずの日本人と台湾人とは、そこからまったく異なる時代を生きることになった。台湾では、日本統治時代から暮らしている人たちを「本省人」と呼び、戦後、大陸から渡ってきた人たちを「外省人」と呼ぶ。だから同じ台湾で暮らす漢民族とはいえ、ひとくくりに出来ない、それぞれの家庭の歴史がある。それでも時が流れ、世代は変わった。今の若者たちの間では「本省人」「外省人」という意識自体も次第に薄れてきているようだ。

実は、この度の震災で多くの義援金を募ってくれた台湾人は、日本統治時代を知る「日本語世代」よりも、若者世代の方が多いのだという。日本の若者と同様、日本統治時代など知らず、北京語を「国語」として育った彼らの多くは、日本語を「国語」として学んだ祖父母たちの会話が理解出来ず、両親が家庭内で交わす閩南語に加わることも、さほど出来ない。そんな彼らは、アニメやゲーム、アイドルなどといったポップカルチャーを通して日本を知り、好きになったという。「カワイイ」「キモイ」などといった言葉が、そのまま通じる世代が育ってきているのだ。

奇《く》しくも東日本大震災がきっかけで、私はお隣の島に目を向けることになった。台湾の人々に感謝の気持ちを伝えたいという、しごく単純な動機が、日本国内で知る以上の戦争体験を聞き、この島に日本人が残してきたことを教えられ、実は多様な民族が多様な言語を駆使しながら暮らす島の今を知ることにつながろうとしている。かつてイラ・フォルモサ（美麗島）とも宝島とも呼ばれ、過去に一度として独立国家であったことのない小さな島の多彩な表情を、私はまだまだ見続けていくことになるだろうと思っている。

呉阿明氏は本書刊行後の二〇一七年一月八日に逝去されました。謹んでご冥福をお祈りいたします。

筆者の質問に答える呉阿明氏(上)。終戦当時の状況を語る陳旭慶氏(下)。

解説

堤 伸輔

二人の女性が印象に残った。

乃南アサさんの「台湾を知る旅」。その案内役の一人、陳永旻《ちんえいみん》さんのご母堂・陳楊《ちんよう》翠華《すいか》さんは一九三〇（昭和五）年生まれで、日本語を「国語」として、日本人の級友とともに学んだ世代である。乃南さんに当時を語って聞かせる日本語は、上品で、美しい。

もうお一人、国立台湾大学名誉教授・宋文薫さんの奥様・綾子さんは一九二八（昭和三）年生まれ。東京で学んでいた文薫青年と恋をし、太平洋戦争の敗戦で日本と台湾とに離れ離れになったものの、諦《あきら》めなかった。民間人だけで三十一万人もの日本人が日本へ戻ったあとの「かつての植民地・台湾」へ単身渡り、結婚。日台間には国交などなく、渡航そのものがままならなかった時代のことだ。

お二人の生年をわざわざここに書いたのは、私の亡《な》き母・幸子が一九二九（昭和四）年生まれだからである。戦前・戦中・戦後を語るお二人の言葉を、いつしか、まったく同世代の母の人生と重ね合わせながら読んでいた。米軍機と零戦の空中戦を見た経験、戦時中の女学校での勤労奉仕、「お国のため、お国のため」……。母から聞かされた往時の話が甦《よみがえ》ってきた。

特に陳楊翠華さんの場合は、高等女学校を卒業し満十七歳で教員となった母の経歴とぴったり重なっているように思えた。台湾の学校で教えていた日本人が一斉に「内地」に引き揚げて教員が不足したため、本来なら高女卒業後にもう一年、教員になるための勉強が規定されていたが、それも省いて先生になれたのだと翠華さんはいう。敗戦まもない日本の事情も同様で、教職課程も経ていない、いまなら女子高校生でしかない少女が、いきなり教壇に立ったのである。ちなみに、最初の赴任校である熊本県の山あいにある小学校に初出勤した日、母の目に映ったのは「靴が一足もない下駄箱」だったという。教員も児童も、みな裸足で登校していたのだ。

乃南さんより私は四つ年上だが、私たちの世代は、祖父母や両親から聞くこうした話を、戦争の時代を知るよすがとしてきた。母からは戦時中の窮乏生活や米軍機に追われて機銃掃射を受けた経験を聞いたし、亡くなった父からは、地図と年表を見ながら、従軍経験を詳しく聞き取ったことがある。石油技師として働いていた満洲で軍属にとられ、インドネシアで石油掘りに従事するも、戦況悪化でマレー半島を交戦しながら北上し、激戦地ビルマ（現ミャンマー）で終戦を迎えるまでの経緯だ。自分もジャーナリストとして仕事をしているからには、一度は聞いておかなければならないと考えた。互いに言葉を教え合ったことなど、現地の人びととの交流もよく父の口にはのぼった。だが、日本が植民地とした地域、あるいは戦場とした国々の事情について、私たちの知識は決定的に不足しているのではないだろうか。乃南さんも書いているように学校で十分に教えられなかったからであるし、私たちひとりひとりが、知る努力をあまりしてこなかったからでもある。

　この『美麗島紀行』で乃南さんが試みているのは、台湾の歴史を知ることであると同時に、台湾との関わりにおいての日本の歴史を知ることだと思う。その巧みな誘導に乗って、私は、父母から聞いた戦前・戦中の話を思い起こしながら、本書を読み進んでいった。日本が日清《にっしん》戦争に勝利して清国から台湾の割譲を受け、太平洋戦争敗戦で手放すまで、ちょうど五十年。台湾に対する植民地支配の半世紀は、日本が明治維新以来の富国強兵政策を大きくオーバーランさせ、三百万余の国民の命を犠牲にしたばかりか、アジア太平洋地域の諸国民にも、日本国民と同じかそれ以上の苦難を与えてしまった時代である。その時代について知る父母の世代の話を聞くことは、たしかに私たちの役割だと思う（その世代がいなくなりつつあるいま、「役割だった」と言わざるをえなくなっている）。加えて、台湾を始めとするアジア太平洋の諸国・諸地域において、日本が、日本人が、どう行動し、どう暮らしていたのか、その時、現地の人たちの暮らしや思いはどうだったのか、それを知り、語り継ぐこともまた、私たちの責務であろう。

　乃南さんがその責務の一つ、「台湾を知る」ことを果たそうと改めて決意したのは、東日本大震災と原発事故の起こった二〇一一年だった。被災と大事故に打ちひしがれた日本に向け、アメリカにも比肩《ひけん》する多額の寄付金を贈り、誰よりも日本人の心情に寄り添ってくれたのが、台湾の人びとだった。「なぜ台湾の人たちは、そこまでしてくれるのだろうか。お礼を言おうにも、私たちは少しばかり、相手を知らなすぎやしないか」と、乃南さんは強く心に思う。

　そうなった時の作家のエネルギーは凄《すご》い。それから年に何回も、そして何年にもわたって渡航を繰り返し、「台湾とは何なのか」をつきつめる作業を重ねる。冒頭の二人の女性たちを始め、台湾が日本であった頃を知る何十人ものおじいさん、おばあさんたちに会い、話を聞き、時には「にっぽんのうた」をともに歌う。古い日本家屋があると足をとめ、覗《のぞ》き込む。もちろん、駅舎など日本統治時代の象徴的な建物も見逃さない。さまざまな日本人の足跡《そくせき》をたどる旅は、陳旭慶《ちんきょくけい》さんを筆頭に、現地の建築士さんなど頼りになる案内役も豊富だ。

そして、運転担当の陳永昰さんの駆る車に乗り、四国の二倍ほどの面積の台湾島をくまなくと言っていいほど走り回る。行く先々で、原住民族をも含むさまざまな人びとに会い、その土地の料理を楽しむ。食事シーンの描写は紀行文には欠かせない。私も、かつて台湾に行った際の屋台料理の匂《にお》いや味を思い出したり、まだ味わったことのない料理に想像をたくましくしたりしながら楽しんだ。こうした描写を盛り込む巧みさが、時に心に重たく感じられる話もやわらげ、読者にも、ともに台湾を発見させていく。

私は松本清張の編集担当を、晩年の十年ほど務め、海外や国内の取材に同行した。松本さんのエネルギーも凄《すさ》まじかった。何かを知りたい、理解したいと、いったん作家の心に火がつけば、とんでもない取材欲がほとばしり、海外でも突然の予定変更や無理を押した強行軍は当たり前。せっかく取った面会のアポイントメントも入れ直しながら、お供の編集者はふうふう言ってついていくことになる。「道草や寄り道、予定外の行動が大好き」だと自ら記すくらいだから、乃南さんの取材旅行もしばしばそうなったのだろう。また、作家にはたくまざるサービス精神もある。自分が「何かを知る」ためにたどったプロセスを文章で再現することで、あたかも一緒にその場所を訪れ、同じものを食べ、ともに現地の人びとの話を聞いたかのような境地に読む人をいざなう。「読者も自分と一緒にその場に連れてってあげよう」というサービス精神だ。

国際情報誌「Foresight」の編集に携わるなど、私は三十年あまりにわたって台湾情勢を見続けてきた。ただし、私の知識は、その時期に関するものに偏《かたよ》っている。もちろん取材に行ったことはあるし、中国との緊張関係を含め、近年の台湾の動向・事情については、日本人としてはかなり詳しいほうだと思う（付言しておく。初めのほうで「国立」「国交」などという言葉を使った。これは「一つの中国」の原則を認める日本政府の立場と、それに沿って台湾を国と見做《みな》す表記を避けるメディアの「約束事」からは逸脱している。本稿における言葉づかいは、本書中の乃南さんの表記を尊重し、〝分かっていて〟そちらを選んだものだ）。しかし、植民地時代の五十年についての知識は正直乏しく、本書でいろいろなことを教えてもらった。そのいちいちをここで挙げることはしないが、たとえば、日本が敗戦を迎えた一九四五年八月十五日の、その日の台湾の人びとの思い——歴史の教科書には書かれていない心情を、乃南さんが何人もの肉声として引き出している。もちろん、それですべての人びとの思いが代表され尽くしているとは言えないものの、記憶しておくに値する記録が本書の中に少なからずある。

敗戦で日本が去って、大陸から逃れてきた国民党が台湾を支配する時代が続いた。その流れで初の民選総統となった李登輝氏（一九二三―二〇二〇）が語った「台湾人に生まれた悲哀」という言葉に象徴されるように、台湾は戦後も不安定な立場の中で国際情勢の荒波を泳ぎ抜いてきた。一方で大陸中国は経済力を世界二位にまで伸ばし、軍事力を着々と増強しつつある。少なくとも中国本土に近い海洋を含むエリアにおいては、戦力として米軍をも上回ると、米軍当局者も認める状況となった。軍備において中国に圧倒的に劣る台湾も装備の増強を図り、アメリカのトランプ政権（二〇一七―二〇二一）は、台湾に対し兵器や軍事技術の売却・供与を拡充する姿勢をあからさまにした。二〇二一年にバイデン政権が発足したのちも、中国と対峙するアメリカの基本姿勢に変化はなく、政治的・軍事的な台湾支援の動きは、トランプ政権当時ほど明確ではなくても、当分、続きそうである。

台湾を率いる民進党の蔡英文政権も、こうした支援には歓迎の姿勢を示す。台湾がより手厚い支援を長年にわたりアメリカに求め続けてきた経緯からすれば、当然のことではある。日本の中にも、いわゆる「台湾有事」に備えたこうした動きを歓迎する声がある。尖閣《せんかく》諸島をめぐる日中間の対立もからみ、日本も「台湾有事」を想定して防衛費を増やすべしとする言説も強まっている。

しかし、アメリカや日本まで間接的にからんだ台湾と中国の軍拡競争は、戦争抑止という本来の目的、あるいは建前を逸脱し、相互のエスカレートによって有事を招く負の連鎖を生みかねない。〝引火性〟が高まれば、偶発的事態が容易にエスカレーションに火をつける。

いくら周辺地域においてアメリカをも凌《しの》ぐ戦力を有するに至ったからといって、習近平・中国共産党総書記が、そうやすやすと彼らの言う「台湾統一」のための戦端を開くとは思えない。米台が反撃すれば、中国本土も大きな被害を蒙《こうむ》る。権力者が、自国民の被害や犠牲を考慮せず無謀な戦争に打って出た結果として得る勝利をPyrrhic victory（ピュロスの勝利）と言うが、習近平総書記とて、何もきっかけなしに多大な犠牲を国民に払わせる覚悟があるとは、私には思えない。たとえ最終的に勝利を収めようと、民心を失うのは必定で、中国共産党としての自殺行為に等しいからだ。したがって、台湾への支援、特に軍事的支援は、〝引火性〟を高めないよう抑制的であるべきだ（支援するなとは言わない）し、政治的支援も、冷静かつ巧妙なものにする必要がある。

たしかに、台湾側も支援を歓迎する。しかし、あからさまにやり過ぎると、「ひいきの引き倒し」や「ありがた迷惑」になってしまう懸念がある（トランプ政権のやり方にはその嫌いがあった）。それを十分に承知した上での、巧みな支援を工夫すべきだろう。

台湾が参加できる国際的な枠組みはＡＰＥＣ（アジア太平洋経済協力）会合くらいしか思い浮かばない。ＷＨＯ（世界保健機関）やＩＣＡＯ（国際民間航空機関）など、台湾が加盟を切望する国連の専門機関があるが、中国の反対にあって阻《はば》まれ続けている。たとえばこうした国際的枠組みへの参加を後押しする外交努力を、日本政府はじわりと強めるべきだと思う。

それ以上に、台湾への支えとなり、震災で示された日本人への思いやりに対するお礼となるものこそ、乃南さんが強調してやまない、私たちの「台湾理解を深める努力」だろう。国際社会において、ある国や地域の文化や歴史や人びととの心情について「ほかの国々の人びとから知ってもらっていること」ほど、間接的であってもいざという時に大きな力を発揮するものはないからである。それがソフトパワーと呼ばれるものだ。コロナ禍の中にあって、共感（empathy）がパンデミックに立ち向かう人びとの連帯力を左右するキーワードになっているが、同じことが、国際社会において信頼される立場を築いていく際にもモーメントになると言えよう。

本書を読み終えたいま、あなたも、乃南さんの真摯《しんし》な思いに導かれて台湾理解へのたしかな一歩を踏み出したと言っていい。ともにその歩数を重ねることを心がけたい。

（二〇二一年九月、「Foresight」元編集長）

協力　一般社団法人日本台湾文化経済交流機構
プロジェクト「まごころ日本」

※日本台湾文化経済交流機構は
日本統治時代の歴史建造物等の保存及び伝承、
台湾と日本の良質な文物を相互に伝える活動を行っています。

この作品は二〇一五年十一月集英社より刊行された。

美《び》麗《れい》島《とう》紀《き》行《こう》

ーつながる台湾ー

新潮文庫　の－9－51

令和三年十一月一日発行

著者　乃《の》南《なみ》アサ

発行者　佐藤隆信

発行所　株式会社 新潮社

郵便番号　一六二—八七一一
東京都新宿区矢来町七一
電話 編集部(〇三)三二六六—五四四〇
読者係(〇三)三二六六—五一一一
https://www.shinchosha.co.jp

価格はカバーに表示してあります。

乱丁・落丁本は、ご面倒ですが小社読者係宛ご送付ください。送料小社負担にてお取替えいたします。

印刷・大日本印刷株式会社　製本・株式会社植木製本所

ISBN978-4-10-142560-3 C0195